Karin Thiel
Gartengeschnatter

Karin Thiel

Gartengeschnatter

Eine wahre Geschichte
von Laufenten und ihren Menschen

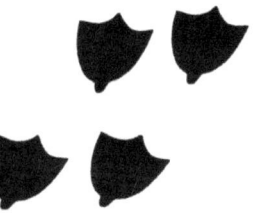

Bibliografische Information der Deutschen Nationalbibliothek:
Die Deutsche Nationalbibliothek verzeichnet diese Publikation in der
Deutschen Nationalbibliografie; detaillierte bibliografische Daten sind
im Internet über *dnb.dnb.de* abrufbar.

© 2019 Karin Thiel | 2. überarbeitete Auflage 2021
Covergestaltung: Tine Rothhardt | multiformes.de
Lektorat: Dr. Sabine Magnus, Matthias Seaman

Herstellung und Verlag:
BoD – Books on Demand, Norderstedt
ISBN 978-3-7534-2566-5
Dieses Buch erscheint auch als E-Book.
Erhältlich auch mit festem Einband im Brillant-Druck:
ISBN 978-3-7526-6123-1

„*Gartengeschnatter*" ist eine chronologisch verlaufende, unterhaltsame und informative Geschichte, die vor dem Hintergrund persönlicher Erlebnisse mit Laufenten und Menschen für einen respektvollen Umgang mit allen Tieren plädiert.

Sie ist all jenen gewidmet, die sich überall auf der Welt für die Umsetzung dieses Ziels einsetzen.

Inhaltsverzeichnis

Vorwort

„Tiere haben keine Seele." Wort für Wort klingt diese nachdrücklich geäußerte Meinung unseres Umzugshelfers bis heute noch in meinen Ohren nach. Es bleibt unerklärlich für mich, wie jemand so denken kann. Während es den meisten Menschen leicht fällt, ihr Inneres voreinander zu verbergen, zeigen uns Tiere ihre Seele offen und ehrlich.

Das gilt bestimmt auch für Enten. Bei Laufenten wird es offenkundiger. Ihre Lebenswelt ist dem Menschen, der die lustigen Watschler in seinen Garten holt, im Alltag viel näher als beispielsweise die der Entenvögel auf öffentlichen Gewässern. Wie viel Seele, Charakter und Hirn in einem so kleinen Wesen steckt, erfahre ich schon seit 16 Jahren.

Zwei meiner Laufis, Krümel und Klops, waren die ersten, langjährigen Begleiter in meinem Garten und bleiben mir deshalb in besonderer Erinnerung. Ihr Leben hinterließ so tiefe Spuren, dass ich begann, alles was ich darüber weiß aufzuschreiben. Daraus wurde diese wahre Geschichte.

Sie handelt nicht nur von meinen Enten, die mich zu vielen Gedanken inspirierten und mir oft Ruhe und neue Kraft schenkten, sondern lenkt auch einen nachdenklichen Blick auf unseren Umgang mit allen Tieren.

1. Am Anfang war das Ei…

So hätte es enden können.....

Sie waren Schwestern. Das wussten wir aber beim ersten Blick auf die kleinen, lebendigen Flaumfederbälle noch nicht.

Das Geschlecht von Enten lässt sich nämlich erst nach etwa acht Wochen zunächst nur an den typischen weiblichen Quak-, beziehungsweise männlichen Schnarrtönen erkennen. Flauschig und fast so groß wie die Faust eines neugeborenen Kindes saßen sie in dem kleinen Brutkasten. Ein winziges, kümmerliches im hellbraunen Flaumkleid und ein großes, starkes, dunkelgefärbtes Küken waren aus zwei Eiern geschlüpft. Ihre fürsorgliche Entenmama hatte sie vor ihrem Verschwinden in unser kleines, durch zwei Mauern geschütztes Küchenbeet direkt vor die Eingangstür gelegt.

„Pimpelchen" war offensichtlich einem Raubtierangriff zum Opfer gefallen. Wir fanden ihre Federn neben „Himpelchen", dem schwer verletzten Erpel, mit dem sie erst seit einigen Wochen in unserem Garten gelebt hatte.

2004 waren wir nach einem Bericht in der regionalen Presse immer mehr der Idee dieser Art der Bekämpfung von Nacktschnecken im norddeutschen Sommer verfallen. An der gelben Außenwand unseres kleinen Siedlungshäuschens im Wald krochen die ekligen braunen Schleimer sogar schon einen halben Meter hoch. Ganz zu schweigen von den spanischen Einwanderern, die überall im Garten zu finden waren. Wir betätigten uns nur ungern als Massenmörder.

Eine Nacktschnecke hat sicher auch eine Seele. Aber fressen und gefressen werden ist nun mal das Gesetz der Natur, das auch vor dem erdbestatteten Menschen keine Ausnahme macht.

Natürliche Feinde, wie beispielsweise die Blindschleiche, haben die ausgewachsenen Schnecken im heimischen Garten nur wenige. Laufenten sind die einzigen pflegeleichten Helfer, über deren Aufenthalt im Garten man selbst entscheiden kann. Sie lassen sich problemlos beherbergen und richten so gut wie keinen Schaden an, während sie die unangenehmen Schädlinge verspeisen.

Zusätzlich faszinierte mich der Gedanke, Wasservögeln ein Zuhause geben zu können, genauso sehr wie die Vertreter dieser Spezies selbst. Sie können laufen, schwimmen UND – mehr oder weniger gut – fliegen und tauchen! Nur wenige Arten des Tierreichs haben diese Möglichkeit, sich problemlos in vier verschiedenen Gangarten fortzubewegen. Wobei die Flugfähigkeit von Laufenten im Unterschied zu anderen Angehörigen ihrer Gattung sehr schlecht ausgeprägt ist. Aus diesem Grund gewannen sie auch das Rennen um die Haltung als halbwilde Haustiere in meinem Garten.

Und last, but not least: Diese Entenrasse mit den langen Hälsen auf dem schlanken Körper hat eine besondere, lustige Ausstrahlung und legt sogar noch essbare, leckere Eier. Hauptsächlich für diese Aufgabe waren sie einst in Asien domestiziert worden. Auf dem Weg zu den Märkten mussten sich die Langstreckenläufer mit den Schwimmhäuten zwischen den Krallen am Wegrand ernähren. Mitte des 19. Jahrhunderts fanden die witzigen Watschler Liebhaber in Europa und gelangten als Schiffsfracht zunächst nach England, wo sie zu ihrem europäischen Namen kamen: Indian Runner Ducks.

Gut vorbereitet nach der gründlichen Lektüre des damals einzig verfügbaren Buches zur Laufentenhaltung hatten wir über Monate hinweg einen kleinen Teich ausgehoben. Unser Garten in der kleinen Siedlung mitten im Wald war sowieso rundherum mit hohem, grünem Maschendraht eingezäunt. Nun benötigten wir noch eine kleine Hütte, ein paar Trinkgefäße und einen Sack Körner zur Zufütterung und dann sollte es im Frühjahr 2005 auch schon losgehen. Ein Züchter in der Nähe von Kiel hatte uns ein Pärchen reserviert. Zuvor erfüllten wir die behördlich angeordnete Pflicht, den in unmittelbarer Zukunft vorhandenen Geflügelbestand beim Veterinäramt registrieren zu lassen.

In einem durchlöcherten Pappkarton, den wir mit Stroh gepolstert hatten, holten wir eine naturbraune Ente und ihren bildhübschen, schillernden Erpel zu uns nach Hause. Nachdem die beiden dann die ersten Schritte in unserem Garten gemacht hatten, verfielen wir schnell dem Charme dieser lebhaften Vögel in Flaschenform. Ihre agile Art erweckte oft schon am frühen Morgen ein Lächeln in mir bekannten Muffelgesichtern.

Zunächst das morgendliche Bad im Teich – ganz offensichtlich ein herrliches Vergnügen. Der Anblick verbreitete pure Lebensfreude. Mit dem Kopf unter Wasser, „Schwänzchen in die Höh'", genau wie es in dem Kinderlied beschrieben wird, startete der Tag. Das Frühstück folgte. Es war einfach zu komisch anzusehen, wie das zierliche Entenpaar mit den langen Hälsen im Eilschritt angewackelt kam, um einen leckeren Bissen in Form eines Wurms oder einer Schnecke aufzusuchen und zu vertilgen.

Der Tag verlief recht strukturiert mit Mittagspause, Schwimmstunden und ausgiebigen Wanderungen. Zwischendurch war gründliches Putzen, gefolgt vom wichtigen Einfetten des Gefieders, dann ein charmantes Bürzeln – das charakteristische Hin- und Herschwingen des Entenpos oder seiner Federn – angesagt.

Besonders faszinierte mich die Art und Weise der Wasseraufnahme: Trinken ist für Laufenten von größter Wichtigkeit, denn die Schleimstoffe ihrer geliebten Schnecken- und Würmermahlzeiten verlangen nach gründlicher Nachspülung. Frisches Regenwasser aus der Tonne mit Deckel stand in zwei bis drei Fünf-Liter-Eimern auf dem Grundstück bereit. Uns erschien es nicht verwunderlich, dass sie es lieber mochten als das auch für die Darmentleerung benutzte Teichwasser – zumal der Tierseuchenfond des Landwirtschaftsministeriums es ihnen ja auch gebietet, nur das Wasser aus abgedeckten Gefäßen zu trinken. Vielleicht hatten die Langhälse das gelesen und ganz autoritätsgläubig verinnerlicht.…

So richtige „Saubermänner & -frauen" waren auch unsere Laufenten nicht. Schnell war das klare Wasser für unsere Enten dunkelbraun schlammig, denn nasse Erde erwies sich aufgrund diverser Möglichkeiten zur Nahrungsaufnahme als beliebter Aufenthaltsort.

Praktischerweise hat die Natur den Watschlern dafür Schnäbel mit vielen kleinen Lamellen an der Seite zur Verfügung gestellt. Während sie zur besseren Verdauung reichlich Wasser schlabbern, verbleiben die festen Teile im Schnabel und die Reste der braunen Brühe fließen wieder heraus. –

Meine Ente und ihr Erpel senkten abwechselnd den langen Hals zur Wasseraufnahme tief in den Eimer. Nach ein paar Sekunden des „Tieftauchens" streckten sie sich wieder in die Höhe und erhoben den Schnabel zusätzlich noch leicht schräg nach oben. Für den Beobachter entstand der Eindruck höchsten Genusses. Beim Zuschauen stellte sich schnell die Vorstellung ein, wie das Wasser ihre langen Kehlen durchfloss und sie es nachschmeckten. Zwischendurch schienen sie sich begeisterte Kommentare zuzunicken oder in Laute zu fassen. Das Wasser hatte wohl „Südhang"-Qualität für die beiden Genießer.

Wann immer ich konnte, schaute ich aus dem Fenster oder arbeitete im Garten. Nur wenige Tage nachdem unsere beiden Outdoor-Haustiere bei uns eingezogen waren, konnte ich mir ein Leben ohne sie gar nicht mehr vorstellen.

Unser vierjähriger Sprössling fand klare Worte für meine neue Lebenshaltung: „Meine Mama hat eine Entenklatsche", verkündete er dementsprechend allen, egal ob sie es hören wollten oder nicht – genauso wie sein lästernder Papa es ihm vorgesagt hatte.

Die beiden Männer waren sicher nicht so sehr dem Charme der Langhälse verfallen wie ich. Unser Sohn, generell sehr tierlieb, hatte zwar nach einem Kinderreim die Namen an Ente und Erpel verteilt und strahlte jedes Mal, wenn er sie sah. Wahrscheinlich jedoch hätte er sich über fast jedes andere Tier ebenso gefreut. Mein Mann erwies sich aber in zunehmendem Maße als äußerst entenkompatibel. Jegliche Vorlieben für die possierlichen Watschler konnte er im Notfall immer energisch abstreiten und auf mich verweisen. Meine Zuneigung zu diesen „schrägen" Vögeln war so groß geworden, dass sie bis auf weiteres zu mir gehören mussten, damit es mir gut ging.

Außenstehende waren allerdings nicht so schnell von einer Enten / Gartenvereinbarkeit zu überzeugen. Der Einzug der Langhälse auf unser 1200 m² großes Grundstück löste Erstaunen und Skepsis aus, was sich in kritischen Worten widerspiegelte: „Enten im Garten? FREILAUFEND??? Was für ein Blödsinn! So was haben wir noch nie gesehen! Die fliegen sicher weg – sehen doch auch aus wie Stockenten!" (Wenn man aus der Ferne den langen Hals und die an geneigte Sektflaschen erinnernde Gestalt übersah und nur auf das Gefieder schau-

te, gelang dieser Irrtum besonders bei schwimmenden Enten.)
„Und dann machen die bestimmt, so wie Hühner, alles kaputt!
Sollten die nicht besser, wie Kaninchen, ein eingezäuntes Stück
Wiese abgrasen, damit sie nicht stören, womöglich alles voll-
schei…? Der Teich stinkt doch sicher bald! Wie unhygienisch!
Und Schnecken fressen die? Dafür gibt´s doch Schneckenkorn!"
Bald jedoch ertappten wir sogar unsere einst misstrauische
Nachbarin dabei, wie sie den beiden amüsierte Blicke zuwarf
und ihnen auch mal ein wenig frischen Löwenzahn über den
Zaun vor die Schnäbel hielt. Unser Grundstück mit Zier- und
Nutzfläche blieb dabei wie es war, aber die Schnecken und die
von ihnen angerichteten Schäden verschwanden – auch die
meisten aus dem Nachbargarten.

Allerdings gab es auch Menschen, die sich unfassbar schwer
an unsere Enten gewöhnten. Solche Tiere gehörten einfach
nicht in einen Privatgarten: „Das macht MAN nicht!"

Seinen Äußerungen entsprechend hoch war das Fremdeln mit
den Langhälsen bei einem freien Mitarbeiter unseres kleinen
Dienstleistungsbetriebs. Er kam stets in seinem Geländewa-
gen bis zum Gartentor angefahren und musste dann den etwa
40 Meter langen Weg von dort bis zu unserer Haustür zu Fuß
zurücklegen. Dabei ging er, unsicher nach den Enten schie-
lend, langsam und rauchend hinauf. Ein Mann wie ein Baum.
Wann immer es möglich und auch unmöglich war, hatte er eine
Kippe in der Hand oder im Mund und bezeichnete sich selbst
gerne und oft als „Macher". Zu Hause war er am liebsten mit
der Kettensäge zugange, um seinen Holzvorrat, immer aktuell ausreichend für einen sibirischen Extremwinter, ständig zu
vergrößern.

Ihm waren sowieso die meisten Tiere, außer den Kaninchen

seiner Tochter, unheimlich. Unser Entenpaar verkörperte für ihn im Geist wohl die Fremdartigkeit eines wilden Tigers, der im nahen Baggersee schwamm. Angst, in ihre wässrigen Hinterlassenschaften zu treten, die auch bei gründlicher Analyse meilenweit von der Geruchsintensität und Konsistenz der von Hunden verbreiteten Tretminen entfernt sind, setzten sich in seinem Kopf fest. Das bedrohliche Nähern ihrer schlangenförmigen Hälse muss dem naturfernen Besucher sicher schwere Albträume verursacht haben. Falls sich die, seiner Meinung nach, unberechenbaren Tiere bedingt durch unsere Anwesenheit in seiner Nähe aufhielten, achtete er stets auf einen möglichst großen Sicherheitsabstand. Vielleicht war die Ursache seines Unbehagens die Tatsache, dass Enten, wie alle anderen Vögel auch, von Dinosauriern abstammten. Vielleicht litt er aber auch unter der weitgehend unerforschten Angst vor Enten, der sogenannten Anatidaephobie.....

So vergingen einige Wochen bis er mit allergrößter Ernsthaftigkeit die Überwindung seiner Skepsis formulierte: „Jetzt habe ich mich langsam an die Enten gewöhnt."

Stumm staunend nahmen wir diese Aussage mit einem kurzen Nicken zur Kenntnis. Anschließend speicherten wir sie als geflügeltes Wort zur späteren Anwendung bei einer ähnlich unflexiblen Lebenseinstellung ab.

Tatsächlich sind die zarten, schlanken Enten zwar als Raubtiere zu betrachten, die zum Beispiel auch kleine Frösche mit großem Appetit vertilgen; mit einem ausgewachsenen Mann befinden sie sich aber bestimmt nicht auf Augenhöhe eines Fressfeindes. Sie selbst wiederum gelten als begehrte Leckerbissen für viele Wildtiere, wie zum Beispiel Fuchs, Marder, Mauswiesel, Bussard und Habicht.

Wer nun genau Pimpelchen auf dem Gewissen hatte, war nicht sicher auszumachen. Die Kampfspuren deuteten auf einen Angriff von oben hin. Von der Ente waren leider nur noch ein paar Federn in unserem Garten zu sehen. Himpelchen hatte bestimmt nicht nur sich, sondern auch sie artgerecht stark verteidigt. Große, offene Wunden, die ihn am Gehen hinderten und ein sehr zerrupftes, blutiges Federkleid ließen darauf schließen. Wir brachten den tapferen kleinen Kämpfer umgehend zum Tierarzt, der uns nur wenig Hoffnung machen konnte. Mit Medikamenten versorgt setzten wir ihn, wie uns geraten worden war, oft in sauberes Wasser und pflegten seine Wunden. Und so schwamm zwei Tage lang immer wieder ein erschöpfter Entenerpel in unserer Duschwanne.

Gleichzeitig bemühten wir uns um eine neue Frau an seiner Seite, denn Laufenten verkümmern ganz schnell bei Einsamkeit.

Die „Neue" stand bereits abholbereit bei einem Züchter, als wir uns entscheiden mussten, das Leiden des Erpels zu beenden. Die ärztlich vorgegebene Frist war gekommen. Anstatt besser ging es unserem Himpelchen jedoch bedeutend schlechter. Seine äußeren Wunden waren leider erkennbar größer geworden. Er fraß kaum, wollte nicht mehr schwimmen und schlief fast nur.

Mein Mann hat den kleinen, großen Widerstandskämpfer in „seinem" Garten mit einem Schlag auf den Kopf von weiteren Qualen erlöst. Der Arzt hatte uns nahegelegt, dem Erpel den zusätzlichen Stress einer weiteren Autofahrt zu ersparen und stattdessen selbst zu handeln. Ich stand dicht neben meinem Mann, um ihn bei der Tat, die ihm so schwerfiel zu unterstützen. Wir weinten beide als wir uns von Himpelchens Tod überzeugten und schaufelten verbissen ein kleines, tiefes Grab. Dort betteten wir unseren tapferen Helden unter die Erde. Ein Holzkreuz wurde zur Erinnerung auf diese Stelle gelegt und wir nahmen Abschied bevor wir in den Alltag zurückkehrten.

Dort wartete außer viel Arbeit auch eine Ente auf uns. Sie sollte nicht, wie so oft bei Menschen üblich, bestellt, aber dann doch nicht abgeholt werden.

Entenzüchter haben in der Regel zu viele Erpel und so wurde aus einer Ente ein Paar. Wir erwarben es gegen eine Schutzgebühr, die höher als sonst üblich war. Auch unter Laufentenliebhabern gibt es nicht nur die besten Menschen.

Schnell wurde deutlich, dass es sich um sehr unflexible Individuen handelte. Manchmal standen sie still wie Mumien auf einer kleinen Anhöhe oder sonst wo. Dann blickten die beiden gleichzeitig nach links und anschließend – offensichtlich als Ausbund ihrer Beweglichkeit – nach rechts, bevor sie wieder für längere Zeit erstarrten.

Wer jemals einen Schuhschnabel im Zoo oder vielleicht in seiner Heimat Afrika gesehen hat, weiß was ich meine: Spontanität will lange überlegt sein.

Nein, das Wesen der beiden wurde uns einfach nicht sympathisch. Was für Menschen zutrifft, gilt auch für Tiere: Man mag einfach nicht alle Individuen einer Art.

An unseren Schnecken schienen die beiden auch nicht so interessiert wie an unserem Mangold, den wir vor Himpelchen und Pimpelchen ganz einfach durch einen niedrigen Zaun absichern konnten. Langsam, ganz langsam überwanden sie dieses Hindernis durch Emporhangeln. Die Schneckenjagd dagegen erforderte wohl ein gewisses Tempo, das sie offenbar nur bei größtem Hunger aufzubringen in der Lage waren. Ihre undynamischen Bewegungen erinnerten an so manchen Verwaltungsbeamten im vollen Arbeitsstress. Sie wirkten auch bei weitem nicht so lieb und niedlich wie unser erstes Pärchen, das uns seine Kinder quasi vor die Füße gelegt hatte.

Mit dessen Erben im Ei wussten wir zunächst gar nichts anzufangen. Als zukünftige Nahrung waren sie bereits im Kühlschrank gelandet. Dann aber nahmen wir sie doch, einer plötzlichen Intuition folgend, relativ schnell wieder heraus und legten sie auf die Arbeitsplatte. Aller Voraussicht nach waren sie befruchtet! Die Kinder unseres ersten Laufentenpärchens wollten wir keinesfalls aufessen. Da war doch unser Nachwuchs, ein ehrendes Andenken an das liebe Entenpaar! Warum hatten wir diese Idee erst jetzt? Allerdings würden sie, so in unserer Küche abgelegt, wohl kaum heranwachsen. Was also tun?

Nach kurzem Nachdenken erschien ein uns bekannter Biologe die Lösung zu sein: Sowohl im Besitz eines Brutkastens als auch vogelkundlichen Wissens, war er doch genau der richtige Mensch zur Sicherung unserer neuen Entendynastie!

Sollte dann wirklich neues Leben aus den Eiern schlüpfen, würden wir uns gezwungen sehen, die „BE´s", in gute Hände abzugeben. – Die Kurzform stand für Bertold und Erika. Manchmal fungierte sie aber auch als Insider-Abkürzung für „Beamten-Enten". –

Sicher gab es genügend Gärten mit vielen Schnecken ohne leicht erreichbare feinblättrige Entenleckereien und Menschen, die ruhigere Zeitgenossen bevorzugten! Der Mann, der die beiden gegen die übliche Schutzgebühr übernahm, wurde über ihren Charakter informiert. Wenn das Laufentenpärchen keinen Mangold erreichen konnte, nahmen sie ja auch Schnecken als Ersatz.

Besonders der kleine Teich, aber auch unser Garten samt Entenhütte bot nun mal lediglich eine ausreichende Lebensgrundlage für zwei, allerhöchstens drei Enten, wenn er keinen Schaden nehmen sollte.

Eine Grünfläche muss Nahrung, Abwechslung und Platz für die entsprechende Anzahl der aufrecht gehenden Langhälse bieten. Auch macht es einen Unterschied, ob vier Watschler über eine frische Aussaat laufen oder zehn. Eine Laufente handelt in der Regel wie ein Herdentier: Eine voran und alle hinterher. Manche Gartenbesitzer, die auf einem großen Grundstück Gemüse anbauen und die Schneckenfresser nach dem Motto: „Je mehr, desto besser" zur Abwehr der schleimigen Schädlinge halten, vergessen das. Mit einem einfachen Zaun müssen empfindliche Saaten geschützt werden, sonst droht der Totalausfall nach der Planierung des Laufenten-Trampelpfads durch zahlreiche Schwimmfüße.

Was wohl aus solchen Laufis wird, wenn sie Erwartungen nicht erfüllten? Eine Ente, die an einer Leitplanke angebunden wurde, hat man meines Wissens noch nie entdeckt. Die wenigsten Tierheime nehmen sie auf. Laufen lassen ist sicher die einfachste Methode der beendeten Tierliebe, denn im Gegensatz zu Hühnern haben die Langhälse deutlich weniger Orientierungssinn.

Meistens allerdings fristen sie dann, eingezäunt in langweiligen Gehegen, ein ebensolches Dasein ohne Abwechslung. Genauso wie Laufenten, die in Designergärten mit gusseisernen Nähmaschinen, Bettgestellen und ähnlichen Dekorationsartikeln von vornherein nur „nebenan" in ihrem abgegrasten Bereich ohne Teich wohnen müssen. Sonst würden sie die Ordnung in den Beeten stören und unpassende Schietflecken auf den sorgsam bepflanzten Porzellankaffeefiltern hinterlassen.

Solche wollten wir nicht. Die niedlichen Gartenhelfer sollten immer artgerecht bei uns leben dürfen.

Nun warteten wir gespannt, wer bald in unserer Entenhütte wohnen würde.

2. ...und dann die Ruhe vorbei

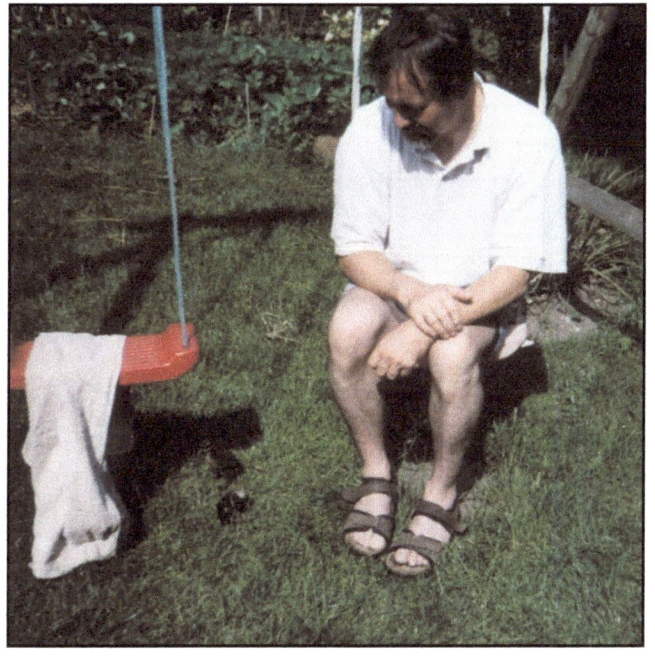

....., aber so war es viel besser!

Unverzüglich nahm sich „unser" Biologe gerne der von uns gewünschten Aufgabe an. Es waren insgesamt drei Eier und alle zeigten bei einer Durchleuchtung Spuren des Lebens.

Er drehte und wendete die Schutzhüllen der schnell wachsenden Insassen fachmännisch und sprach dabei nicht. Sicherheitshalber wollte er die Möglichkeit einer Prägung verhindern, die bei Enten jedoch nicht so stark ist wie bei Gänsen.

Vier, für uns endlose Wochen warteten wir auf das Klingeln des Telefons und den guten Neuigkeiten zur „Geburt" der neuen Familienmitglieder. Fast pünktlich zum errechneten Termin Anfang Juli kam die ersehnte Nachricht: Drei Bewohner hatten ihre zu eng gewordene Brutstätte verlassen. Ein schwaches Küken starb leider schon bei seinem Versuch, aus dem Ei zu schlüpfen. Die beiden anderen holten wir sofort und noch im Brutkasten zu uns nach Hause. Ganz klar erkannten wir, welche Namen den beiden Minipiepsern gerecht wurden: Das winzige, zarte Küken nannten wir „Krümel". Das dunkelgefärbte erschien uns aufgrund seines Körperbaus im Vergleich dazu wie ein „Klops".

Da saß nun mein ganzes Entenglück auf einem alten Handtuch, das ich oft und stets vorgewärmt wechselte. Sie entsprachen dem Kindchenschema der niedlichen Hilflosigkeit par excellence. Mit den großen, schwarzen Kulleraugen und den abgerundeten Schnäbelchen in ihrem hellen und dunkeln Flaumgefieder appellierten sie in höchstem Maße an unsere Beschützerinstinkte als frischgebackene Adoptiveltern.

Die bekannte Zeile aus einem Gedicht von Hermann Hesse, „Und jedem Anfang wohnt ein Zauber inne", kam mir beim Anblick der beiden Küken oft in den Sinn. In diesem Augenblick jedoch war nur wenig auf der Welt für mich wichtiger, als sie sicher über diesen Anfang hinauszubringen. Dementsprechend musste das zerbrechliche Krümel-Leben rund um die Uhr alle drei Stunden gefüttert werden. Dem Rat unseres Biologen folgend, verabreichten wir ein Gemisch aus Quark, gekochtem Ei und Brennnesseln, die wir ganz klein zerschnitten. Mein Mann schlug sein nächtliches Lager neben den beiden Küken auf und nährte, wie er es ausdrückte, den einen Minipiepser „an seiner Brust", während das „dicke" kleine Entchen schon selbst wusste, was zu tun war. Eine tiefe Untertasse unter einem umgestülpten Marmeladenglas fungierte als Wasserspender und eine andere blieb für Futter reserviert. Eifrig von dem Kleinen benutzt, tauschte ich häufig die völlig verklebten Gefäße aus.

Nach eineinhalb Tagen war auch unser kleiner Krümel fit und in der Lage, sich selbst zu versorgen. Die beiden Miniaturenten waren kräftig gewachsen, sicher auf den Beinchen und mussten den Brutkasten, den wir kontinuierlich belüftet hatten, verlassen.

Ihr nächstes Zuhause war eine große, ausrangierte Aluminiumkiste. Sie hatte einst als Lager für Stoffballen in einer nahegelegenen Fabrik gedient. Mit Hobelspänen ausgestreut und unter einer Wärmelampe platziert, ersetzte sie die Körperwärme der Entenmama, die die Kleinen unter ihr Gefieder nimmt.

Die große Metallkiste blieb zu unserer Freude ihr Leben lang das beschützende Nest, in der die Enten auch als Erwachsene entspannt verweilten: Ein sicherer Transport oder der kurzzeitige Schutz bei Wetterextremen war so ohne Probleme und Stress möglich.

Vorsichtshalber war in den ersten Tagen immer ein Familienmitglied in der Nähe der Küken. Sie schliefen viel und wurden täglich größer. Deshalb mussten sie schon bald ein neues Heim beziehen. Der Fangkorb eines Rasenmähers erschien uns nun als der bessere Platz für die schnell wachsenden Küken, denen die ersten Federn im Flaumkleid wuchsen. Dieser Kunststoffkorb fungierte, heiß ausgewaschen und von Schimmelsporen befreit, allerdings nur als Schlaf- und Wärmeplatz. Er stand auf einer breiten, langen Fensterbank, die wir mit Zeitungen und Stroh gepolstert hatten. Mit einer alten Jalousie verhinderten wir das seitliche Herunterfallen der kleinen Wohnzimmerterroristen.

Denn nun erkannten wir in aller Deutlichkeit, wie zutiefst passend die Bezeichnung LAUFente für diese Rasse ist. Mit der Ruhe war es endgültig vorbei. Der Geräuschpegel stieg hörbar an, denn kleine Schwimmfüße, die auf dem Stroh umherliefen und dort gründelten, sorgten für viel Unruhe. Selbstverständlich hatten sie auch draußen ihren Auslauf, aber während der Dunkelheit, einigen Stunden tagsüber und längere Zeit bei kaltem Wetter waren sie bei uns, in der „guten Stube".

Bestimmt wird diese Platzierung vielen Menschen sehr befremdlich erscheinen und sie veranlassen, uns den Vogel zu zeigen, den wir ja in doppelter Ausgabe tatsächlich auch beherbergten. Verwunderte Kommentare störten uns wenig. Nur so fühlten wir uns sicher auf der für uns einzig möglichen Zielgeraden, zwei Entenküken das gesunde Heranwachsen zu glücklichen Langhälsen zu ermöglichen. Um dies zu gewährleisten stellten wir auch einen Minigarten in einem großen Blumentopfuntersetzer für unsere beiden kleinen Piepser auf. Die darin eingesetzten Rasensoden mit Löwenzahn oder einem Stückchen Wildkräuterwiese wechselten wir oft, um ein „Draußenfeeling" zu erzeugen. Denn einerseits erschien uns die Gefahr der Auskühlung während nasskalter Sommertage im Freien als sehr realistisch. Andererseits waren die beiden, nun nicht mehr ganz so kleinen Lieblinge, auf uns geprägt und wir konnten sie nicht ständig nach draußen begleiten. Eine Zeitlang blieben Klein-Klops und Krümelchen auch alleine draußen in einem provisorischen Gehege, das wir raubvogelsicher abdeckten und anfangs mit einem tiefen Teller, später mit einem kleinen Planschbecken als Schwimmgelegenheit ausstatteten. Bald aber bemerkten sie unser Fehlen und quakten nach einem ihnen bekannten Menschen.

Wann immer sie sich frei bewegen durften, liefen unsere Adoptivkinder uns nach, fraßen am liebsten aus den Händen und begrüßten uns von Anfang an im Eilschritt, sobald sie einen von uns wiedersahen. Der Anblick heraneilender kleiner Flaumfederknäuel, die ihre Stummelflügelchen unseretwegen zur rasanten Geschwindigkeitssteigerung ausklappten, war unbeschreiblich rührend und unwiderstehlich. Und er blieb es auch, als sie kleine Racker mit den nun erkennbar langen Hälsen wurden.

Nach und nach wurde nämlich, der Entwicklung entsprechend, immer mehr Flaum durch Federn ersetzt. Dieses Zwitterstadium macht zwar keinen Vogel hübscher, aber unsere Entenkinder behielten uns ganz fest im Griff: Der Zauber blieb, obwohl ihr Aussehen kaum noch an unseren Beschützerinstinkt appellierte. Wir liebten sie fast schon ein bisschen so, wie Menscheneltern ihre pubertierenden, mit Pickeln und Mitessern übersäten, aufsässigen Kinder. Deshalb hielten wir diese Unruhe tapfer aus, obwohl die feuchte Reaktion ihrer Hinterlassenschaften mit dem Stroh der Kiste nun nicht mehr kindlich-frisch duftete.

Zwischendurch gab es natürlich immer längere Auslauf- und

Schwimmzeiten draußen. Bereitwillig ließen sich die jugendlichen Enten wieder einfangen, wenn wir der Meinung waren, es sei an der Zeit, ihren Aufenthalt im Garten zu beenden.

Wie wir bei einem dieser Ausflüge beobachten konnten, entwickelte sich Klops zwar nicht zu einer dicken, doch aber zu einer starken und draufgängerischen Ente. Eine kleine Macherin, die kein Hindernis akzeptierte, wenn es darum ging, einen ihrer Wünsche zu verwirklichen. Wenn es sein musste, fand sie auch einen Weg durch eine Tür, die noch geschlossen war.

Mit dieser so sehr menschlichen Eigenschaft ausgestattet, war sie schon im Alter von wenigen Tagen durch die großen rautenförmigen Maschen des grünen Gartenzauns auf direktem Weg ins Maul des Nachbarhundes gelaufen. Krümel war weiterhin brav neben meinem Mann stehen geblieben. Da es sich bei dem Schäferhund eines Polizisten jedoch um einen sehr folgsamen Zeitgenossen handelte, reagierte er in Bruchteilen von Sekunden auf das Kommando „Aus".

Erschrocken nahm mein Mann das fast leblos wirkende Küken – ich war zu seiner Erleichterung gar nicht zu Hause – vorsichtig auf und brachte es zurück zur Aluminiumkiste. Besorgt behielt er den Winzling im Blick. Etwa 36 Stunden lang nahm sich Klops an Krümels sanftem Wesen nicht nur ein Beispiel, sondern war noch ruhiger und meist schlafend anzutreffen.

Dann erstand sie wie ein Phönix aus der Asche und wie befürchtet, war sie nun mit der vollen Kraft einer Minimacherin gesegnet, die sie ihr ganzes Entenleben lang behielt. Wann immer ein kleiner Schaden an Gefieder, Schnabel oder ihren Paddeln und Beinen möglich war, nahm unsere kleine Draufgängerin sie gerne in Kauf, wenn es darum ging, Entenabenteuer zu erleben, ihre Neugierde und ihren Tatendrang zu befriedigen –

immer vorneweg und sehr agil. Auffällig dabei war, dass sie oft den Anschein erweckte, zunächst nachzudenken und danach zur Tat zu schreiten, weil sie es sich fest vorgenommen hatte, dieses oder jenes auszuprobieren.

Schon bald stellte die pubertierende Ente dies unter Beweis. Im Gegensatz zu Krümel, mit der sie mir, meinem Mann oder unserem Sohn folgte, lebte sie auch hier nicht nach dem Motto: „Dabeisein ist alles", sondern war an der Erfahrung der selbstständigen Tätigkeit interessiert.

In das Lasieren eines Holzzauns vertieft, erschrak ich dementsprechend eines Tag plötzlich, als ein unbekanntes Geräusch hinter mir zu hören war. Statt des nicht vorhandenen Pinsels hatte Klops nach einem Minianflug auf den grünen Farbeimer dort ihren Schnabel versenkt. Es blieb mir verborgen, ob sie mir anschließend ihre Hilfe anbieten oder nur von dem „grünen Wasser" trinken wollte. Ein schnelles Eintauchen ins nahestehende Regenfass hat dann zwar Schlimmeres verhindern können, die Ente jedoch nicht geläutert. Ihre Draufgängernatur wurde in unserer Familie sprichwörtlich und ihr Name zum Synonym für eine erstaunliche und / oder mutige Tat eines Lebewesens: „Das war ja ein richtiger Klops", heißt es dementsprechend auch manchmal heute noch bei uns.

Schon seit den ersten Wochen ihres Kükendaseins ließ sich die Ausprägung dieses Charakterzugs verfolgen und schneller als gedacht, hörten wir das Ende der Kinder- und Jugendzeit herannahen: An ihrem Gequake war nun deutlich zu erkennen, dass es sich bei Klops und Krümel um die pure Weiblichkeit handelte. Erpel können nämlich nur leise schnarren, während jede Ente über ein Repertoire an diversen Tönen in unterschiedlicher Lautstärke über ihr allgemein bekanntes Gequake hinaus verfügt – jegliche Hinweise auf die Ähnlichkeit der kommunikativen Fähigkeiten der menschlichen Geschlechter liegen selbstverständlich im individuellen Ermessen.

Auf jeden Fall steht außer Frage, dass eine Ente weitaus gesprächiger als ein Erpel ist und aufgrund dessen detaillierter Auskunft über ihre Gefühlslage geben kann.

3. Kinder, Kinder – was werdet ihr so schnell erwachsen!

Zum letzten Mal innerörtliche Zubettgehzeit für kleine Enten

Nachdem sie fast vollständig in der Federwelt erwachsener Enten angekommen waren, wurde der nächtliche Aufenthalt in ihren eigenen vier Wänden aus geruchstechnischen Gründen für Krümel und Klops unabdingbar erforderlich.

Jeden Abend, bei Einbruch der Dunkelheit, gingen unsere Lieblinge von nun an folgsam in ihre kleine Hütte unter den Bäumen. Dann schlossen wir das Türchen. Schon bevor wir es am nächsten Morgen wieder geöffnet hatten, wurden wir beim Herannahen mit einem freundlichen „*Wieht-wieht-wieht*"-Gezwitscher begrüßt. Für mich klang es wie: „*Bist du das?*" Und so antwortete ich: „Guten Morgen, meine Süßen. Gleich könnt ihr raus." Sogar mein bisweilen etwas bräsiger Mann konnte sich in unbeobachteten Momenten ein freundlich gebrummtes „Ja, ja – ich bin ja gleich da", als Antwort nicht verkneifen.

Die Herzen aller Menschen konnten unsere drolligen Mädchen allerdings nicht gewinnen. Im Herbst 2005 begegnete uns erneut eine entenfeindliche Person, die bei der Konfrontation mit zwei Vertreterinnen dieser Vogelart eine sehr unsympathische Lebenseinstellung zum Ausdruck brachte.

Ab diesem Zeitpunkt versuchten wir, aus privaten und beruflichen Gründen, unser kleines Siedlungshaus zu verkaufen. Der gänzlich naturabgewandte, pomadig glänzende Makler, dessen Büro wir mit dieser Aktion beauftragt hatten, war vielleicht schon zwei- oder dreimal bei uns gewesen. Er traf immer vor den Kaufinteressenten hypergepflegt und penetrant duftend ein. In seinen spiegelblank geputzten Schuhen mit Schnürsenkeln stand er beim Betrachten unseres Häuschens auf dem großen Grundstück ausgerechnet dort, wo noch ein paar Körner lagen. Durch unsere Gegenwart angelockt, eilten die jungen Enten herbei und fraßen sie auf. Suchend pickten sie weiter.

Unheilvollerweise bekamen Klops und Krümel dabei schnell die harten Enden seiner Schnürsenkel zu fassen, an denen sie spielerisch herumzogen. Es muss ein schöner Spaß für sie gewesen sein, denn nach seinem ersten entsetzten Schritt zur Seite fassten die beiden Enten mit ihren Schnäbeln erneut nach dem spannenden Spielzeug.

Mit einem angeekelten Gesichtsausdruck wich der perfekt gekleidete Mann einige Meter zur Seite und entfernte mit einem Papiertaschentuch den vermeintlich schlimmsten, tatsächlich aber unsichtbaren Dreck von seinen Schuhen. Anschließend äußerte er leicht verärgert, dass unser verwinkeltes Häuschen im Wald eher etwas für „Russland-Deutsche" sei.

Mit Hilfe dieses diskriminierenden Zitats, das ich seinem verständnisvollen Chef vortrug, gelang es uns erfreulicherweise die Zusammenarbeit mit ihm und seinem Büro zeitnah zu beenden. Wir entschlossen uns daraufhin, den Selbstversuch des Hausverkaufs zu wagen.

Gleichzeitig dankten wir unseren Laufis für die Unterstützung bei der Vertreibung des eleganten Arroganzlings aus dem Paradies. Den Anlass dazu gaben lediglich die beliebten Körner, aber Krümel und Klops hatten somit auf ihre Weise zu einer Ersparnis der Maklercourtage von ein paar tausend Euro beigetragen. Vier Monate später konnten wir nämlich schon den Kaufvertrag unterzeichnen. Zur Belohnung bekam unser Duo ein paar Leckerbissen extra.

Eine andere, noch größere Faszination als die Körner übte Wasser auf Klops und Krümel aus. Das klingt zunächst logisch – tatsächlich stellten wir später fest, dass nicht alle Laufenten per se die gleiche Wasseraffinität haben. Unsere beiden aber erfreuten sich deutlich sichtbar an jeder neu entstandenen Pfütze.

Auch der kleine Ententeich, vor noch nicht einmal einem Jahr für Himpelchen und Pimpelchen angelegt, war sofort nach der Ausquartierung ihrer Nachkommen zu einem vielbesuchten Ort geworden. Umso schlimmer traf sie und uns der staatliche Erlass zur Inhaftierung.

Mit der Stallpflicht im Herbst 2005 aufgrund des massenhaften Ausbruchs der Vogelgrippe wurde das fröhliche Planschen abrupt beendet. Auch die erfreute Begrüßung am Gartentor, wenn einer von uns nach Hause kam, entfiel. Laut des Erlasses des Veterinäramts bestand kein Unterschied zwischen einer Hobbyhaltung und einem Geflügelzuchtbetrieb. Das Vorsprechen im Kieler Landwirtschaftsministerium blieb dementsprechend erfolglos. Bis auf weiteres mussten unsere zwei jungen Enten eingesperrt werden. Wir durften nicht über die Sinnhaftigkeit der Stallpflicht entscheiden, obwohl nur ein artgerechtes Leben die Immunabwehr stärkt.

Die Gefahr, andere Vögel durch unsere Enten zu infizieren, erschien uns angesichts der in Massentierhaltungen produzierten und verbreiteten Viren nicht existent.

Eigenverantwortliche Maßnahmen in Bezug auf die Stallpflicht konnten wir aber nach der Ablehnung einer Sondererlaubnis durch das Ministerium nicht durchführen: Leider wohnte im Haus neben uns das Polizistenherrchen des Schäferhundes.

Und so wurde der ursprünglich als Holzlagerplatz gedachte, gepflasterte Bereich unter einem Schuppenvordach das neue Zuhause für Krümel und Klops.

Für Wasser und Matsch liebende Enten bot das dort aufgebrachte Stroh nicht im Entferntesten die Wunschgrundlage eines glücklichen Daseins. Bisher kannten sie die Getreidehalme lediglich als „Matratze" in ihrer Hütte.

An die Stützpfähle des Vordachs befestigten wir engmaschigen Draht vom Boden bis zum Dach. Für Hühner wäre es dort sicher eine weniger qualvolle Inhaftierung als für zwei Wasservögel gewesen. Wie vorgeschrieben, konnte ihnen so kein Vogel einen Besuch abstatten oder in den Verschlag hineinkoten. Regen und Wind, der Teich, frisches Getier und Grünfutter waren aber nun leider auch in unerreichbare Ferne für unsere halbwilden Haustiere gerückt. Acht Quadratmeter, immerhin an der frischen Luft und mit Wasser in einer kleinen Schüssel, waren das nicht artgerechte Zuhause für einige Wochen. Zu Weihnachten bekamen sie ganz offiziell ihre Freiheit wieder zurück – zwei endlos lange Monate aber mussten die Wasservögel ohne Schwimmmöglichkeit in Gefangenschaft zubringen.

Der Sinn dieser Maßnahme hat sich uns nie erschlossen, denn besonders in Betrieben mit permanenter Stallhaltung brach die Geflügelpest, auch Vogelgrippe genannt, aus.

Die von namhaften Ornithologen* geäußerte These, dass sich Wildvögel in Massentierhaltungen anstecken, erschien uns deshalb leicht nachvollziehbar. Der weltweite Handel einiger weniger Geflügelkonzerne verteilt logischerweise nicht nur Eier, Jungtiere, Futter und anderes Zubehör, sondern auch Viren. Dies geschieht in einem viel größeren Ausmaß als durch die vergleichsweise wenigen infizierten Wildvögel, die ohnehin nach Krankheitsausbrüchen schnell versterben. Singvögel sind von dieser Gruppe sogar auszuschließen, denn nach den aktuellen und offiziellen Erklärungen der Bundesregierung auf ihrer Website erkranken sie nicht selbst und stellen auch kein Risiko für eine mögliche Übertragung dar.

Welchen Schutz sollte die quälende Stallpflicht unseren Lieb-

---

vergl. Anmerk. Seite 140

lingen dann überhaupt bieten? Und wen sollte sie vor ihnen beschützen? Für uns wirkte sie nicht nur überflüssig, sondern kontraproduktiv: Die beiden sollten doch bei artgerechter Haltung gesund und munter alt werden.

Die beiden Entenschwestern teilten diese Meinung offenbar. Es schien, als seien sie über die von oberster Stelle angeordnete Tierquälerei sehr verärgert. Das Geschimpfe und Gequake aus dem Entenverlies ließ es zumindest vermuten.

Manches Mal hörte es sich an wie: *„Wir wollen raus! Wir wollen raus! H5N1 macht uns den Garaus! Wir wollen Wasser! Wir wollen spritzen! Und nicht hier im Trockenen sitzen!"*

Wann immer es uns möglich war, versuchten wir unsere Lieblinge abzulenken und zu unterhalten. So konnten wir beispielsweise das Fressen aus der Hand während der Inhaftierung fleißig trainieren.

Auch nach der Beendigung der Stallpflicht wurden die leckeren Körner als Ergänzung zur selbstgesuchten Schnecken- und Würmerspeise weiterhin in dieser Form serviert. Geschah dies nicht rechtzeitig, gab es im Garten, direkt vor der Küchentür, lauten Protest. Stand sie an warmen Tagen offen, betrachteten die jungen Damen dies oft als Aufforderung zu einer Stippvisite. Von der kleinen Arbeitsküche führten drei gefliste Stufen ins Esszimmer, die offenbar trotz ihrer Höhe entenkompatibler waren als wir vermutet hatten. Meist machte uns ein Klötern und Scheppern darauf aufmerksam, dass unser Duo wieder mit hungrigen Mägen in ihrer Kinderstube angekommen war. Wie immer gab es die Körnermahlzeit direkt aus Menschenhand mit einem freundlichen Verweis auf die entengerechte Welt VOR der Tür.

Ein herrliches Leben, das Klops und Krümel oft mit ihrem

„*wieht-wieht-wieht*"-Gezwitscher kommentierten. Dementsprechend inspizierten sie mitten am Tag unverzüglich nach jedem Strohwechsel das frische Nachtlager. Dabei gingen sie kurz in ihre Hütte, um sie mit diesem Ausruf der Begeisterung gleich wieder zu verlassen. Der fröhliche Tonfall ließ sich meiner Meinung nach leicht mit: „*Die Betten sind ja frisch gemacht! Das wird eine besonders gute Nacht!*" übersetzen. Auch sonst schien es ein großes Mitteilungsbedürfnis zu geben, denn bei unseren Enten gab es fast immer was zu schnattern. Sie kannten ja auch keine sozialen Medien.

Die beiden Schwestern waren nie störend laut. Gequake sagt man Enten ohne Erpel zwar oft nach, aber davon wussten unsere erfreulicherweise nichts. Ein leises „Gespräch", so als wollten sie sich gegenseitig mitteilen, dass der Rundum-Service des Duckingham-Minipalace nichts zu wünschen übrig ließ, war wohltuend oft zu vernehmen. Was wir zu hören bekamen, klang etwa so in unseren Ohren: „*Diese federlosen Zweibeiner aus der großen Hütte sind doch einfach stets zu Diensten! Sorgen immer für frisches Wasser! Um Futter braucht man sich auch nicht zu kümmern, selbst wenn es keine Schnecken und kaum etwas anderes im kalten Winter gibt. Vom Teich und all dem Grün in jeder Form ganz zu schweigen! Wie herrlich unser Leben doch ist!*"

Sie würdigten ihr Entenparadies mit der guten Laune, die sie verbreiteten und den vielen Eiern, die sie legten.

Natürlich haben wir die aufgegessen. Warum nicht? Wir fanden es schlimm, wenn uns zu Ohren kam, dass andere Halter die Eier, also gute Lebensmittel, wegwarfen, weil Laufenten Schnecken fressen. Hühner fressen auch Regenwürmer und andere für uns eklig erscheinende Kleintiere. Und ihre Eier sind meist nicht so schön gelb von dem vielen Grünfutter, das Enten gerne suchen und vertilgen.

Davon gab es mehr als genug für Krümel und Klops. Ihr Zuhause bot Wasser, Erde, Gebüsch, Blumen und Gras im Überfluss. Hier konnten sie gründeln, wühlen, laufen, schwimmen und dabei ihren geregelten Tagesablauf mit pünktlicher Mittagspause, der inneren Enten-Uhr folgend, ganz in Ruhe genießen. Dabei verblieb der Kopf im Gefieder, wenn wir vorbeigingen. Die äußeren Augen der beiden öffneten sich einen Spalt und gleichzeitig ertönte das bekannte, leise Gezwitscher. Es klang dann wie *„Ach, du bist das. Keine Feinde. Dann ist ja alles gut."* Je ein Auge fiel sofort danach wieder zusammen und eine kleine Entenseele war beruhigt.

Wie einst bei ihren Eltern wurde auch diese Idylle ab und an von Raubtieren bedroht. Einen Angriff in Form eines großen Vogels konnten wir beobachten. Er verlief so schnell, dass wir kaum in der Lage waren zu verfolgen, was vor sich ging. Von lautem Entengezeter wurden wir aufgeschreckt und eilten herbei. Und sahen wahrscheinlich einen Bussard. Und auf dem Boden eine wütend zeternde Ente namens Klops, sowie eine verschreckte im helleren Federkleid ohne Blessuren. Der Raubvogel hatte seine Gegnerin ganz offensichtlich unterschätzt, denn außer ein paar ausgerissenen Federn war sie gänzlich unversehrt.

So vergingen einige glückliche Entenmonate bis zum Juli 2006.

4. Umzug x 2

Rasen „ohne alles" ist schon ein wenig langweilig für Laufis

Der letzte Handgriff am 8. Juli 2006 war, die bewährte Aluminiumkiste mit unseren beiden Lieblingen vom Grundstück zu tragen. Es gehörte nun nicht mehr uns.

Wir gingen, weil wir ganz genau wussten, dass es besser war als zu bleiben. Das Haus war leer, Schuppen, Carport und die beiden Garagen auch. All unser Eigentum stand verpackt in einer Garage, einer Maschinenhalle, einem Kühlraum und auf dem Dachboden des Resthofs, den wir aus privaten und beruflichen Gründen gekauft hatten. Dort wohnten noch, bis zur Übergabe im September, die ehemaligen Eigentümer. Sie hatten sich auf dem Grundstück nebenan ein Haus bauen lassen, das kurz vor der Fertigstellung stand.

Wir lebten in dieser Zeit jeweils ein paar Wochen auf einem Boot und in zwei Ferienwohnungen und mussten nebenbei unserer Arbeit als selbstständig Tätige nachgehen. Krümel und Klops konnten wir unmöglich mitnehmen. Zwar gibt oder gab es zumindest in den USA einen Laufentenerpel, der mit Windel im Haus bei seinen Menschen wohnte und sogar bei Tisch mitaß. Dies erschien uns jedoch als wenig nachahmenswerte Lösung für beide Parteien.

Intensiv suchte ich deshalb schon Wochen vor unserem Umzug nach einer Unterbringung. Jedoch hatten Freunde und Bekannte keine Möglichkeiten und Tierpensionen konnten Klops und Krümel ebenfalls nicht aufnehmen. Ich war ratlos.

Ein paar Tage vor der Entlassung unseres Sohnes aus dem Waldkindergarten fand mein Hilferuf dort endlich Gehör: Die Mutter eines Kindes gewährte unseren Lieblingen Kost und Logis im Garten ihres Hauses. Mit Hühnerdraht, Entenhütte und ausgedientem Planschbecken, das nur leicht mit Luft gefüllt wurde, machten wir uns auf den Weg.

Auf dem Grundstück errichteten wir dann ein provisorisches Zuhause für unsere Laufis, die wir in Gedanken schon jetzt vermissten. Fortan besuchten wir sie einmal pro Woche, misteten aus, betüdelten sie und konnten uns davon überzeugen, dass ihrem Charme nicht nur die Kinder der näheren Umgebung erlegen waren.

Dennoch bemerkten wir die durch Generationen schleichende Naturentfremdung. In diesem Fall war es der 16-jährige Sohn des Hauses, der die Moorhühner am Bildschirm zwar schon furchtlos gejagt hatte, die Reality-Enten im Garten aber als sehr fremdartig empfand und ihnen mit großem Argwohn begegnete. Seine Mutter berichtete, dass er die Nähe des Geheges mied und nach Möglichkeit nicht alleine in den Garten ging, seit unsere Schnattertanten ihn bewohnten. Was uns erschreckte und erstaunte.

Nach zwei Monaten Gastaufenthalt konnten wir ihn endlich erlösen.

In ihrer bekannten Kinderstube, der Aluminiumkiste, holten wir Klops und Krümel ab. Die langen Hälse schwangen im Rhythmus der rollenden Reifen und die beiden drolligen Damen lugten über den Rand. Dabei zwitscherten sie leise und unaufgeregt und schienen das vorbeiziehende Panorama aus dem Autofenster zu beobachten. Wir verstanden ihr Verhalten als Vertrauensbeweis und freuten uns doppelt und dreifach, sie nach den langen Wochen der Trennung wieder bei uns haben zu können.

Das neue Zuhause war allerdings nicht wirklich entenfreundlich. Vom großen Garten ohne irgendeine Begrenzung durch Zäune führten viele Wege direkt auf große Wiesen, Weiden und die Straße. Diese geographischen Tatsachen erforderten eine unangenehme Maßnahme, da wir während der Renovierung keine großen zusätzlichen Aktionen anstoßen konnten: In einem unbewohnten Hundezwinger, der immerhin etwa doppelt so groß war wie ihre Unterkunft während der Stallpflicht, wurde ein kleines Loch gegraben und ein Miniteich angelegt. Dort mussten wir unseren beiden Lieblingen zumuten, den Winter zu überstehen.

Wenigstens hatte der Zwinger im Unterschied zum damaligen Entenknast kein Dach. Der Regen konnte somit ungehindert für den Nachschub des Lieblingselements der Wasservögel sorgen.

Im Frühling 2007 spannten wir einen Drahtzaun, der zusätzlich ein großes Rasenstück zum Entenbesuch freigab. Wann immer wir uns etwas länger im offenen Gartenteil bewegten, öffneten wir unseren Laufis ein eingebautes Tor zur großen Freiheit. Krümel und Klops blieben aufgrund unserer Anwesenheit und den spannenden Aktivitäten stets in der Nähe – versprach doch beispielsweise ein frisch gelockertes Stück Erde kulinarischen Hochgenuss: Eier, Larven und Würmer, die quasi auf dem Silbertablett in Form eines Spatens angeboten wurden, waren so leicht zu ergattern. Die Enten sprangen dafür sogar auf das sich in Bewegung befindliche Gartenwerkzeug und es galt ein ruhiges Tempo einzuhalten, damit ihnen kein Schaden zufügt wurde. In Erwartung lukullischer Genüsse kannten sie noch weniger Angst als sowieso schon.

Wieder in ihrer Umzäunung zurück, war dann sofort eine längere Ruhepause nötig. Diese fand zusätzlich auf jeden Fall und in alter Gewohnheit während der Mittagszeit und in den frühen Abendstunden eines langen Sommertages statt. Es wurde auch in dem neuen Zuhause von einer zuverlässig funktionierenden inneren Uhr geregelt.

Ansonsten bot das Leben auf dieser Rasenfläche nicht die wirklich große Abwechslung. Für Unterhaltung sorgten hauptsächlich die erwähnten, gemeinsamen Ausflüge jenseits des Grenzzauns. Eine weitere Möglichkeit bot sich durch den direkten Eingang in unseren Wohntrakt. Einfach mal so schauen, was da so los ist, schien für die Langhälse aufgrund mangelnder Alternativen durchaus interessant. Im Unterschied zu unserem vorherigen Domizil war ein ebener Zugang ohne Treppen auch sehr viel entengerechter.

Als wir im Winter 2009 unsere Küche komplett renovierten und mit Hilfe von geöffneten Türen lüfteten, stellten sie diese Neugierde wieder unter Beweis. Durch den Vorraum waren sie unbemerkt hereingekommen und betrachteten den kahlen, leeren Raum. Anhand des leicht erkennbaren Patsch-Patsch-Geräusches, welches Schwimmfüße auf Fliesen verursachen, wurden wir aufmerksam und nahmen die Gelegenheit für einen Fototermin wahr. Schnell war unseren beiden Laufis klar, dass diese Umgebung ganz offensichtlich keine Lebensgrundlage für Schnecken, Würmer und ähnliche Leckereien bot und sie verschwanden wieder nach draußen. Dabei schoss es mir durch den Kopf, wie viele Tiere als Ware wie Stückgut in vergleichbarer steriler und tierfeindlicher Umgebung ihr karges Leben fristen müssen, das dann durch einen frühen und oft sehr stressigen Tod beendet wird.

Zugegebenermaßen war es während der fast 30 Monate auf einem Rasenstück langweilig für Laufenten, die unter dem Gebüsch auf Futtersuche gehen und in der Erde gründeln und wühlen wollten. Wenigstens war es draußen grün und sogar im Winter noch schöner als drinnen in einem Stall. Nur bei unter -10°C richteten wir ihnen ein Strohlager in der für alte Höfe typischen Diele ein. Für kurze Aufenthalte packten wir sie nachts in die als Refugium beliebte Aluminiumkiste, die wir in einen ungeheizten Vorraum stellten.

Innerhalb des Zauns, der ihren Auslauf begrenzte, gab es immerhin einen Minigarten. Er war für den kleinen Menschen des Wohnhauses angelegt worden. Unser Sohn kam oft und spielte im benachbarten, großen Sandhaufen. Dieser blieb, wohl aufgrund des mangelnden Nahrungsangebots, glücklicherweise uninteressant für Klops und Krümel und demzufolge frei von unliebsamen Hinterlassenschaften.

Oft waren es auch gleich mehrere von diesen kleinen, freundlichen Menschen, die bodennah, nicht viel höher als Krümel und Klops, dort spielten, dabei ihren Radius erweiterten und rundherum im Matsch wühlten. Den neugierigen Blicken und den feinen Nasen unserer Enten entging kein Bröckchen Erde, das Leckerbissen vermuten ließ. Die Kinder waren kein Hindernis, dies aus nächster Nähe zu prüfen.

Die große, herrliche Entenlandschaft mit vielen Blumen, Büschen und Bäumen lag unerreichbar für die beiden Watschler jenseits dieses Zauns, dessen Tor zur Freiheit nur mit unserer Hilfe zu öffnen war. Zumindest Klops schien dieses Paradies auf der anderen Seite sehr bewusst zu sein, denn eines Tages erlebten wir etwas schier Unglaubliches: Wir konnten einfach nicht fassen, dass eine kleine Ente, anscheinend wohlüberlegt, ihren Paddelfuß erhob und gegen den Zaun trat. Es war der rechte, so unglaublich das auch klingt. Ein-, zwei-, dreimal trat sie offenbar vorsätzlich gegen das feste grüne Ding mit Luft dazwischen. Den von ihr gewünschten „Sesam, öffne dich-Effekt" erzielte die Handlung leider nicht. Zu allem Überfluss fiel sie dabei leicht nach hinten. Schnell schlug Klops mit den Flügeln, um das Gleichgewicht wiederzuerlangen.

Es war ein absoluter Zufall, dass wir diesem Ereignis beiwohnten. Wäre gerade eine Kamera griffbereit gewesen, hätten wir es vielleicht auch noch geschafft, sie zu benutzen. So aber staunten wir nur und wundern uns auch heute noch, wenn wir davon berichten. Mit eigenen Augen hatten wir gesehen, was unserer Meinung nach mit Absicht und dem Wunsch nach Freiheit geschah – ausgeführt von einer Laufente, die sich eine Lösungsmöglichkeit für ihr Problem überlegt zu haben schien.

Immer wieder war Klops am Zaun entlang gelaufen, um schließlich irgendwann einmal länger davor stehen zu bleiben und dann zum Angriff wie ein Don Quichotte gegen Windmühlenflügel überzugehen. Dachte sie auf irgendeine Weise tatsächlich zuerst über ihr zukünftiges Handeln nach? Wir hatten wieder einmal diesen Eindruck.

Krümel war solcher Ehrgeiz fremd. Entweder gelang ihr ein spontanes Unternehmen oder eben nicht. Wenn aber Klops einen bestimmten Ort, wie zum Beispiel die gelockerte Erde auf oder direkt unter einem Spaten erreichen wollte, verfolgte sie ihr Ziel sehr akribisch und gab auch nach Fehlschlägen nicht auf. Natürlich nicht ohne die üblichen Schrammen und Blessuren, die aber nur einmal den Tierarztbesuch nötig machten.

Wie es dazu kam, dass sie nicht mehr gehen konnte, erinnere ich nicht. Eine Beinverletzung ist allerdings bei Laufis sowieso nicht selten und wir wunderten uns lediglich, dass Klops nicht schon früher ernsthaft zu Schaden gekommen war. Wieder kam die Aluminiumkiste zum Einsatz und Krümel durfte ihre Schwester zur Beruhigung begleiten. Alles verlief stressfrei und problemlos. Auch wenn sie nicht begeistert waren, festgehalten zu werden, kannten unsere Enten keine Angst vor Menschen.

Sie hielten still und bürzelten nach Entenmanier ihre Pofedern samt Hinterteil hin und her nachdem sie losgelassen wurden. Die Diagnose der Beinverletzung war schnell gestellt und bald darauf erfolgreich behandelt.

Krümel war immer die ruhige, sanftmütige und auch dickere Ente. Dass Klops ihr allerdings mehr Futter überließ, weil ihre Schwester einst so zart und schwach war, bezweifeln wir trotz der „entischen" Seelengröße, die wir kennenlernten.

Aber auch unsere Sanftmütige kam einmal zu Schaden und hatte so große Fortbewegungsprobleme, dass ein Arztbesuch notwendig war. Zu diesem Zeitpunkt wurde unser Flur renoviert und ich zu einer Fragestellung dorthin gerufen. Die Ente hatte ich vorher schon geholt. Meine dralle Blonde nahm ich deshalb mit zur Baustelle und stellte sie vorsichtig auf ihr Beinchen auf den alten Terrazzofußboden. Das zweite hielt sie die ganze Zeit im Gefieder versteckt. Nach erfüllter Mission ging ich wieder zu meiner verletzten Watschlerin. Im Unterschied zu einigen Dorfbewohnern, die sich von draußen dafür interessieren, wie es bei „den Anderen" drinnen aussieht, hatte meine Schöne das Geschehen zwar kurzzeitig aufmerksam beobachtet, dann aber völlig entspannt ihr Köpfchen ins Gefieder geschoben. Sie blieb geduldig. Es war eben ganz selbstverständlich auch mal in unserem Flur zwischen Tapetenrollen und -kleber zu stehen und darauf zu warten, bis sie an der Reihe war, von mir wieder aufgenommen zu werden. Der Mensch hatte ihr Vertrauen noch nie enttäuscht. Und so saß Krümel kurz darauf brav und entspannt im Handtuch eingewickelt im hinteren Fußraum des Autos.

Der Tierarzt im Nachbarort verhalf ihr mit Medikamenten wieder zum Gebrauch beider Beine. Sogar ohne ihre Schwester als Begleiterin hatten wir beide diesen Besuch erfolgreich hinter uns gebracht.

Die Langhals-Enten waren ein voll integrierter Bestandteil unseres Lebens. Die witzigen Watschler zu beobachten war wie eine Seelenmassage. Ein Blick aus ihren Augen bei schräggestelltem, nach oben gerichtetem Kopf verfehlte seine beruhigende Wirkung nie. Fragten sie mit ihrem „K&K"(=Klops und Krümel)-Blick: *„Na, alles in Ordnung?"* oder *„Wo bist du?"* Ich konnte es leider nie sicher übersetzen, aber es gehörte zu meiner täglichen Portion Glücksgefühl. Das Geben und Nehmen von diesen kleinen Wesen mag manchem höchst naiv und befremdlich erscheinen – meinen Mann und mich machte es froh und stärkte uns für so manche Probleme der Gegenwart. Und als Krümel einen Tag später schon fast ganz normal durch den Garten lief, ging es auch uns wieder besser.

Das schlechte Gewissen quälte uns dementsprechend sehr, wenn wir durch die Bewältigung des Alltags auf einem Resthof und dem unberechenbaren Arbeitsaufkommen selbstständig Tätiger unserer Verantwortung ihnen gegenüber nicht gerecht geworden waren.

Wie zum Beispiel im Sommer 2009. Im Frühjahr war der Garten komplett eingezäunt und laufentengerecht gestaltet worden. Auch der ehemalige Hundezwinger war verschwunden, in den wir Klops und Krümel nach unserem Umzug einsperren mussten.

Unsere Lieblinge genossen von nun an die Freiheit auf 1200 m². Auch an ein paar Reihen mit Erdbeerpflanzen im Gemüsegarten konnten sie gründeln. Während des Ausbreitens eines Vogelnetzes über den heranreifenden Erdbeeren wurde ich zum Telefon gerufen. Das Befestigen mit Heringen stand noch an.

Nach kurzer Zeit kam ich zurück und sah zu meinem Entsetzen eine dunkelgefiederte Laufente, die sich dort in einem grünen Netz verheddert hatte. Unsere draufgängerische Bruchpilotin war wohl wieder neugierig gewesen, während Krümel, völlig unbedeckt von jeglicher Masche, treu verharrend neben ihrer Schwester stand. Klops wirkte keinesfalls verängstigt, sondern wartete offensichtlich ruhig auf menschliche Hilfe, die unverzüglich einsetzte und Schlimmeres verhinderte.

5. Der Entenkerl

Keinen Schritt mehr ohne ihn!

Ein Jahr lang verlief das Leben für unsere Laufis sorglos. Im entengerechten Garten stand ihnen auch ein großer Teich, der aus einer Baugrube entstanden war, zur Verfügung. Das Gelände mit vielen Büschen und Gemüsegarten, Blumen und „unenglischem" Rasen bot viel Abwechslung.

Hin und wieder fanden die beiden Damen aber doch noch eine undichte Stelle zwischen den Zäunen und Hecken. Stets gelang es uns zeitnah, sie wieder von der Weide oder aus dem Garten nebenan zurückzuholen.

Manchmal griffen wir dabei auf die Erfolge unserer Entendressur zurück, denn mit Absicht hatten wir den Laufis bei Futtergabe stets ein „Schnell, schnell!" zugerufen. Mit selektiver Klugheit gesegnet, war dieses magenfüllende Kommando sehr gründlich von den beiden verinnerlicht worden.

So war gelegentlich folgende Szene zu beobachten: Wir suchten: Keine Ente da. Wir suchten weiter – immer noch kein Watschler in Sicht. Aber war da nicht gerade am Ende des Weidezauns ein Entenbürzel zu sehen? Unser Ruf „Schnell, schnell" erklang und schon kamen Klops und Krümel mit gefühlter Ultraschallgeschwindigkeit in Schräglage angepest. In Sekundenschnelle standen sie erwartungsvoll an der Futterstelle. Zur Belohnung gab es natürlich dann sofort das Entenleckerli aus der Hand.

Vielleicht liefen sie ja in alle Ecken und Enden, weil sie noch nach dem großen Liebesglück suchten? Wir hatten sowieso schon darüber nachgedacht, nun endlich auch mit einem coolen Typen unseren, umgerechnet etwa 20 Jahre alten Entenfrauen eine Freude zu machen.

Ein Erpel und zwei Enten ist eine ideale Konstellation, weil der Kerl mit seinen Damen recht rabiat zur Sache geht und eine einzige Ente damit überfordert sein könnte.

In der unmittelbaren Nachbarschaft gab es mittlerweile noch eine Laufentenhalterin und vor einigen Wochen hatte sich dort sogar Nachwuchs eingestellt. Herangewachsene Küken verrieten am Gequake oder Geschnarre ihr Geschlecht. Nach diversen Hörproben gingen wir mit einem pechschwarzen Erpel, den wir aus einer dunkel gefärbten Entenschar ausgesucht hatten, zu Krümel und Klops. Unterwegs gaben wir ihm kurzentschlossen den Namen „Fuchsberger", weil man den mittlerweile verstorbenen Schauspieler Joachim Fuchsberger auch „Blacky" genannt hatte. Die englische Wortwahl für seine Gefiederfarbe erschien uns zu einfallslos und so fiel die Wahl auf den eigentlichen Namen des sympathisch wirkenden Prominenten.

Genau wie er war unser Erpel ein wirklich hübscher Kerl. Ein grünlich-tiefschwarz schimmerndes Gefieder und seine wohlproportionierte Gestalt mit einer perfekt geformten Locke als Abschluss der Schwanzfedern, mussten doch, so hofften wir, jedes Entendamenherz höher schlagen lassen. Warum sollten Enten weniger empfänglich für gutaussehende Männer sein, als die meisten anderen weiblichen Wesen oder entsprechenden Kandidaten männlichen Geschlechts?

Irren ist menschlich und auch wir erlagen einem Trugschluss.

Ein Honeymoon stellte sich nie ein. Gutes Aussehen alleine ist einfach zu wenig. Auf den Charakter kommt es an.

Baldiger Nachwuchs hatte aufgrund des hohen Stressniveaus beiderseits kaum Entstehungschancen. Die Zeit, seinen Damen ausgiebig zu zeigen, wo ein Erpel seine Locke hat, nutzte er ganz anders: Nämlich, um sie wie ein Scheich seinen Harem persönlich zu überwachen. Ständig musste er die ihm anvertrauten Entenfrauen gegen diese „bösen", allgegenwärtigen Zweibeiner verteidigen. Was wiederum Klops und Krümel deutlich sichtbar stresste, denn oft liefen sie wie aufgescheuchte Hühner durch die Gegend. „Wieht-wieht-wieht" wurde zum Ausnahmelaut.

Fuchsbergers Gebärden waren sehr machohaft bestimmend. Die beiden Damen hatten gar nichts mehr zu melden und durften sich keinem von uns nähern. Bei jedem Versuch breitete er die Flügel aus und machte Drohgebärden mit gesenktem Kopf. Wütend schnarrend schien er ständig: „Alles hört auf mein Kommando", zu schreien und seine Frauen unter strenger Kontrolle zu halten. Das Betreten des Gartens wurde aufgrund seines aggressiven Verhaltens zunehmend zu einem Stressfaktor. In der Hocke befindliche Menschen konnten einfach so, ganz urplötzlich, einen „Gesichtshacker", gerne in Augenhöhe riskieren; von den häufigen, unter lautem Schnarren stattfindenden Verfolgungen ganz zu schweigen. Er betrachtete das Grundstück offensichtlich als sein ureigenes Reich, aus dem alles Lebendige außer Enten vertrieben werden musste.

Ein weiteres, sehr auffälliges Verhalten bemerkten wir mit großem Erstaunen, als wir einen unserer Rollläden hochzogen. Sofort kam Fuchsberger im Eilschritt oder unter Zuhilfenahme seiner Flügel im Tiefflug heran. Er plusterte sich mit ausgebreiteten Schwingen, bedrohlich fauchend, unter dem Fenster auf. Daraufhin beobachtete ein zweites menschliches Augenpaar, ob das auch beim Herablassen des Ladens der Fall war. Diese Attacke war tatsächlich jederzeit abrufbar, egal, ob die Bewegung auf- oder abwärts ging. Wir stellten mit der Zeit fest, dass es während des ganzen Jahres funktionierte. Hormonschwankungen im Frühjahr passten also nicht als Erklärungsmuster.

Bei jeder Bewegung des Rollladens, die ja auch mit einem Geräusch verbunden war, stand er sofort unter dem Fenster. Versuchte er, einen vermeintlichen Gegner mit Drohgebärden einzuschüchtern? Sah er im Fensterschutz vielleicht eine Art Raubvogel, der als Fressfeind eine massive Bedrohung für die Enten darstellte? Wir vermuteten dies, standen aber vor einem Rätsel, das wir bis heute nicht lösen konnten. Weder bei Himpelchen noch bei unserem derzeitigen Erpel haben wir jemals ein solches Benehmen beobachtet.

Vielleicht war Fuchsberger tatsächlich verhaltensgestört. Entspannt war unser Leben mit dem hübschen Erpel auf keinen Fall. Es stimmte uns traurig, den engen Kontakt zu Klops und Krümel verloren zu haben und noch dazu mit Angstgefühlen den eigenen Garten betreten zu müssen.

Ein einziges Mal sorgte er allerdings, wenn auch indirekt, für Erheiterung. Nachdem Fuchsberger einige Wochen bei uns gelebt hatte, besuchte uns ein befreundetes Pärchen aus Studienzeiten. Die beiden waren mittlerweile nach Frankfurt gezogen. Mit Blick auf unsere Ententruppe erklärten wir ihnen, dass der ausgewachsene Erpel auch an seiner Locke am Ende der Schwanzfeder zu erkennen sei, die einem Weibchen immer fehle. Daraufhin blickte die Städterin fragend auf die drei Wesen ohne Nachwuchs. Dann stellte sie die entscheidende Frage: „Habt ihr eure Enten kastrieren lassen?"

Die anschließende Stille war ohrenbetäubend. Dann mussten wir trotz gegenteiligen Bemühungen laut loslachen. Anschließend schlossen wir freundlich die wohl nur kurzzeitig aufgetretene Bildungslücke der studierten Politologin und erklärten das System der Geburtenregulierung durch außerörtliche Eientnahme.

Die Disharmonie innerhalb unseres Entendreigestirns war uns zwar auf amüsante Weise, aber nicht weniger deutlich, erneut vor Augen geführt worden.

Vom ersten Moment an war es, wie so oft im Leben, ganz anders gekommen als gedacht. Der dritte im Bunde war wahrlich keine Bereicherung für unser eingespieltes Geschwisterduo. Die gewünschte Harmonie stellte sich nur ein, wenn alle schliefen. Keinesfalls aber sollten sie das, ging es nach Fuchsbergers Willen, in der Hütte. Systematisch wirkte er unseren Bestrebungen entgegen, das Trio zur Nachtruhe in Sicherheit zu bringen. Der Laufentenerpel hatte offensichtlich eine mutige Mischung starker Gene von Stockenten erhalten, denn die mit Laufenten verwandten Wasservögel sind tag- und nachtaktiv.

Eine abendliche stressige Hetzjagd begann, bei der Fuchsberger seine Frauen am Eintritt des Nachtquartiers zu hindern versuchte. Meistens schnarrte er dabei ärgerlich, was sich anhörte wie: *„Hier her! Wir gehen nicht in die Hütte. Was sollen wir da, wo es doch draußen viel schöner ist!"*

Wir sahen uns gezwungen, den Entenkommandanten völlig zu ignorieren. Das war nicht einfach, aber wir wollten Klops und Krümel unbedingt behalten. Letztendlich schafften wir es immer schweißgebadet und unter großen Anstrengungen alle drei bis zum Ende des Winters in das sichere Nachtlager zu setzen. Im nächsten Frühjahr war damit aber endgültig Schluss. Die beiden Damen an ihrem Herrn und Gebieter vorbei in die Hütte zu treiben oder mit den Händen nachzuhelfen, gelang uns dann zwar noch unter großer Anstrengung – er aber blieb draußen. Vielleicht fürchtete er die Eingrenzung, weil er in seiner Kinderstube nur wenig Auslauf kennengelernt hatte. Wer weiß, ob der Erpel das erinnerte – glücklich wirkte er auf keinen Fall und so konnte es nicht weitergehen. Zumal er am frühen Morgen oft im Nachbargarten anzutreffen war.

Sobald die Nachtruhe für Krümel und Klops endete, eilte der Erpel, meistens im ungelenken Tiefflug, mehr schlecht als recht flatternd, wieder zu seinen Schutzbefohlenen.

Alle Versuche ihn mit der Zeit etwas zu zähmen waren fehlgeschlagen. Wie viele sture Menschen auch, bestand er auf der Beibehaltung von Verhaltensweisen, die ihm nur Nachteile brachten. Sein ständiges Besserwissen und seine Lernunfähigkeit stressten uns ernsthaft und wir fürchteten um sein Leben.

Gerade das war ja nicht Sinn der Sache. Auch unsere Lieblinge wirkten nicht glücklich und an Brüten war gar nicht zu denken. So sehr wir uns eigentlich gegen den Gedanken einer Tierweitergabe wehrten, so sehr sahen wir auch die Notwendigkeit einer Trennung. Auch Menschen untereinander müssen diesen Schritt manchmal gehen.

Schon alleine die Aussicht, wieder entspannt den Garten zu betreten und beim Bücken keinen Entenschnabel im Gesicht zu befürchten, stimmte uns zugegebenermaßen froh. Außerdem würde sicher auch bald ein Nachbarschaftsstreit aufgrund der häufigen Besuche von Fuchsberger drohen, weil er dort seine Verdauungsspuren hinterließ.

Klops und Krümel hatten es nie so übertrieben. Nur ab und an im Frühjahr übte der Nachbargarten eine magische Anziehungskraft auf sie aus. Der wilde Kerl aber hatte es sich mittlerweile angewöhnt, regelmäßig seine Nächte dort zu verbringen.

Wir suchten und fanden ein neues Zuhause für ihn im nächsten Ort. Auf einem Bauernhof wurde Fuchsberger kurzzeitig Chef. Aus Erzählungen erfuhren wir, dass er sein wildes Leben in gewohnter Manier fortsetzte. Seinen nächtlichen Freiheitsdrang gab er nicht auf. Wenn er dann am Morgen von irgendwoher wieder auf den Hof kam, ging es los: Hofhund gesichtet: Attacke! Trecker gesichtet: Attacke!

Da er sich hier jedoch mit größeren Dimensionen als bei uns auseinandersetzen musste, wirkte sein Verhalten eher erheiternd als bedrohlich. Lange ging er seinen Gepflogenheiten dort allerdings nicht nach, denn schon in seinem zweiten Lebenssommer musste er für seine Starrköpfigkeit in Bezug auf die Übernachtung im Freien mit dem Leben büßen.

Unsere beiden Damen wirkten erleichtert, als Fuchsberger aus dem Garten verschwunden war. Obwohl er vielleicht für Entendamenaugen ein Hingucker war. Zumindest bei Menschen ist dies oft ein Leitmotiv, das allerdings nicht automatisch zum Glück beiträgt.

Die ersten Stunden nach seiner Abholung lagen Klops und Krümel, wie meistens, dicht beieinander und schliefen lange. Dann nahmen sie sichtlich entspannter als in den vorherigen Monaten ihre täglichen Rundgänge wieder auf und genossen das ungestörte Bad im Teich. Das Entenleben hatte nun deutlich hörbar an Harmonie gewonnen, denn das beruhigende *„wieht-wieht-wieht"* erklang wieder klar erkennbar und oft.

6. Zwei glückliche Leben

Ein Teil des Laufigeländes

Kurz darauf begann Krümel erstmals zu brüten. Ein Tag verging, bis wir uns darüber im Klaren waren. Wir suchten, lockten und riefen sie ohne Erfolg.

Erstaunt registrierten wir, wie tiefenentspannt Klops im Garten lag, obwohl ihre Entenschwester weit und breit nicht zu sehen war.

Schließlich fanden wir sie. Unsere brave, ruhige Ente war ganz alleine ausgebüxt! In mindestens einem Kilometer Entfernung zu unserer Gartengrenze und ihrem gemütlichen Zuhause mit Vollpension hatte sie sich klammheimlich eine Nestvertiefung auf der angrenzenden Weide gemacht. Einige Eier lagen schon darin. Offenbar schien Krümel ihre Hütte als unsicheren Ort zu betrachten, weil wir die Aufwachsstationen für ihre vermuteten Kinder immer entfernt und aufgegessen hatten.

Nachdem Fuchsberger ihr friedliches Leben nicht mehr störte, war ihr Bruttrieb geweckt. Sie musste schon einige Male zuvor unbemerkt ausgerissen sein, denn der Trieb zu brüten setzt in der Regel erst nach der Ablage von etwa sieben bis neun Eiern ein.

Wir hatten uns schon gewundert, dass sich der Nachschub für den Kühlschrank, beziehungsweise unseren gierigen Schlund, in Grenzen hielt. Nun wurde es deutlich, dass Klops die alleinige Lieferantin gewesen war. Da aber die beiden Damen so entspannt wie immer wirkten, verschwendeten wir an den Eierengpass keine weiteren Gedanken.

Sehr erstaunlich war die Tatsache der unversehrten Entenprodukte auf der Weide. Normalerweise finden sich überall im Freien tierische Räuber für diese stattliche Anzahl schöner, großer Eier. Noch dazu in einem Bodennest, das einige Nächte unbewacht für jeden Interessenten frei zugänglich gewesen war.

All diesen kleinen Wundern zum Trotz nahmen wir die Eier auf und beendeten so die Streifzüge unserer von mütterlichen Instinkten gelenkten Laufente. Gründlich suchten wir nach möglichen Fluchtwegen und stopften Löcher, indem wir Zäune erneuerten oder erhöhten.

In den nächsten Tagen konnte Krümel dementsprechend nur noch versuchen, ein sicheres Versteck zur Eiablage in dem eingegrenzten Territorium zu finden. In Erwartung eines solchen Verhaltens gingen wir stets erfolgreich auf die Suche, damit sich Krümel nicht umsonst mit dem kräftezehrenden Brüten beschäftigen würde.

Klops lag immer in ihrer Nähe, was das Auffinden sehr erleichterte. Meistens saß Krümel im Blätterwerk hoher Stauden, wenn wir ihr Unterfangen beendeten. Nach einigen Wochen war der Bruttrieb, den Klops im Übrigen niemals zeigte, vorüber. Die innere Uhr schaltete bald darauf auf Sommerende, was gleichbedeutend mit „zu kalt zur Kükenaufzucht" war. Die Ente stellte dann naturgemäß das saisonale Eierlegen ein.

Die Eier einer Laufente haben die Größe eines sehr gelungenen Hühnereis und schmecken auch ähnlich. Der Dotter ist etwas größer und mehliger und hat für viele Menschen einen leicht nussigen Geschmack. Steht der Ente reichlich Grünfutter zur Verfügung, ist er fast gelborange und färbt die daraus entstehenden Back- und Kochresultate in entsprechender Farbe. Aufgrund der möglicherweise größeren Salmonellengefahr durch das oftmals feuchte Gefieder der Ente haben wir die Eier immer hocherhitzt. Den meisten unserer Feriengäste, die Tür an Tür neben uns wohnten, konnten wir ein solches Ei zum Versuchen anbieten. Die Reaktion war fast immer gleich: „Kann man die essen?" Nach dem Probieren hörten wir oft: „Die sind ja lecker!

Ich dachte, die schmecken irgendwie bitter."

Diese Annahme resultierte wahrscheinlich aus der gedanklichen Verbindung zu vielen Wildfrüchten oder dem manchmal strengen Geschmack des Fleisches wilder Tiere. –

Nachdem dieses Vorurteil beseitigt war, ließen sich die meisten Gäste auch bereitwillig von der Gartenunschädlichkeit der freilaufenden Langhälse überzeugen. Zumal unser Garten keine Spuren der Zerstörung aufweist. Mit vielen Blumen, Bäumen und Sträuchern, Obst, ein wenig Gemüse und vielen Kartoffeln vereint eine Rasenfläche mit einem Hühnerauslauf und gepflasterten Wegen das Ganze zu einem durchaus ansprechenden, leicht verwilderten Gartenbild – so wie es uns und unseren Laufis gleichermaßen gefällt. Es ist mein kleines Paradies, das von Tieren bewohnt wird, die dort zu Hause sind und direkt unter meiner Obhut stehen. Dabei war mir anfangs nicht bewusst, dass schon der bekannte Tierverhaltensforscher Konrad Lorenz seinerzeit eine Erklärung für eine solche Lebensweise fand: „Der Wunsch ein Tier zu halten, entspringt meist dem uralten Grundmotiv – nämlich der Sehnsucht des Kulturmenschen nach dem verlorenen Paradies."

Aber wo Licht ist, ist auch Schatten: Hinterlassenschaften von hungrigen Enten sah und sieht man bis heute meistens verstärkt vor der Nebeneingangstür zum Garten. Dort klopfen nach wie vor Schnäbel an die Scheibe, denn zwei Vögel wissen sehr genau, welcher Entenschatz darin verweilt: Im Vorraum zur Küche steht der Sack mit den leckeren Körnern mäusesicher. Falls der dumme Mensch nicht schnell genug reagiert oder gar die Notwendigkeit der augenblicklichen Körnerverteilung nicht der gleichen Dringlichkeit zuordnet, wie ein kleiner, vom Magen und eventueller Faulheit gesteuerter Entenkopf, setzt unverzüglich ein konstantes Protestgeschnatter ein. Diese langen Reden gingen und gehen einher mit der Tatsache eines nicht steuerbaren Schließmuskels, der, je nach Dauer des Aufenthalts auf den Pflastersteinen, viele Spuren des Darmausgangs hinterlässt. Eine Ente verdaut wie ein Durchlauferhitzer: Was sie vorne hineinschlingt, drückt bereits Vorhandenes unmittelbar danach hinten wieder heraus. Putzwasser und ein „Schiet-Schrubber" werden durch menschliche Kräfte zur Beseitigung dieser Spuren eingesetzt und sorgen für durchtrainierte Armmuskeln. Dadurch bleibt jedem Feriengast der Anblick profaner Entenschiete erspart. Ohne Ablenkung kann er den Blick auf Reitplatz und Pferdeweiden genießen und ein wenig an die heile Welt auf dem Land glauben.

Für ein Pärchen unserer Ferienwohnung schien diese Idylle noch ausgeprägter, als die beiden Zeugen meiner Unterhaltung mit Klops und Krümel wurden.

Meine geliebten Enten hatten die ehemalige Spielhütte unseres Sohnes als neues Heim bekommen. Die kleine braune hatten wir verkauft und an das vergleichsweise große Holzhaus mit Fenster und Klappläden einen stabilen Eingang inklusive Riegel montiert. Aus dem frischen, schwedenroten Anstrich leuchteten die weißen Rahmen und die Tür schick herausgeputzt hervor. Der Gesamteindruck unter dem ausgewachsenen Zwetschgenbaum bei der Schaukel bot den Anblick einer kleinen Bullerbü-Idylle.

Ein paar Schritte waren für uns notwendig, um dorthin zu gelangen. Sie führten an einem Fenster vorbei, von dem mein Gang eines Morgens von dem besagten Pärchen beobachtet wurde. Wie immer begrüßte ich meine Entendamen: „Guten Morgen meine Süßen", und erhielt das zwitschernde „*wieht-*

wieht-wieht" zur Antwort. Nach dieser, mir schon im Vorwege bekannten Äußerung fragte ich bei mittlerweile geöffneter Tür, ob sie auch gut geschlafen hätten. Nun frisch zum Tagewerk aufgelegt war ihr fröhliches Gequake die Erwiderung. Mit merkbar großem Erstaunen in der Stimme sprach mein weiblicher Gast mich an: „Sie reden ja mit ihren Enten!" Freundlich antworte ich: „Ja, sicher. Warum nicht?"

Auf eine beeindruckende Art war ich auf die Mensch-Tier-Kommunikation bei einer Studienreise in Estland und Lettland Anfang der 90er-Jahre, kurz nach der Unabhängigkeit der Baltischen Republiken, aufmerksam geworden. In Begleitung eines Historikers, der als estnischer Landsmann die Sprache beherrschte, besuchten wir unter anderem einen alten Widerstandskämpfer. In den 40er-Jahren war er einer von jenen, die in den riesigen Wäldern Estlands Höhlen gefunden oder gegraben und ausgebaut hatten. Dort tauchten die Kämpfer unter und organisierten den Widerstand gegen die einmarschierenden deutschen Truppen mit Sabotageakten. Anders als wir heute wussten sie viel darüber, wie der Wald die Menschen schützen und ernähren kann. Der sympathische Mann erzählte von hartgesottenen Kameraden, die sich mit großer Vorsicht und Ehrfurcht von den Tieren und Lebensmitteln des Waldes und der Natur ernährten und einen dieser Räume unter der Blätterdecke permanent bewohnten.

Auch nach dem Ende des II. Weltkriegs, zu Zeiten der Sowjetunion, blieben viele dieser unterirdischen Räume „in Betrieb" und dienten somit ununterbrochen als Möglichkeit des Untertauchens im wahrsten Sinne des Wortes.

Rund 50 Jahre später betraten auch wir eine dieser Höhlen

durch eine Falltür, die unter Geäst und Blättern versteckt war. Der Unterschlupf war als Museumsexponat erhalten und erweckte fast den Eindruck, als hätten seine Bewohner die Behausung gerade eben verlassen. Staunend sahen wir ein halbwegs bequemes Schlaflager, einen Tisch mit Stühlen aus Ästen, die mit Seilen verbunden waren, und eine Art Vorratsraum.

Der alte Mann hatte dort einige Jahre während der Besatzung durch die Deutschen oder die Sowjetrussen im II. Weltkrieg verbracht. Er stand gewissermaßen in seinem zweiten Zuhause und war sichtlich bewegt. Aber auch Trauer stand ihm ins Gesicht geschrieben, denn seine Frau war am Tag zuvor gestorben. Mit ihr hatte er eine jahrzehntelange Ehe geführt. Sie war eine außergewöhnliche, im Umkreis bekannte und sehr respektierte Persönlichkeit gewesen. Sogar der uns begleitende Geschichtsprofessor sprach mit der allergrößten Hochachtung von dieser Frau, die er persönlich gekannt hatte. Obwohl er selbst noch nicht einmal eine Hundeschnauze an seiner exquisiten und teuren Kleidung ertragen konnte, berichtete er respektvoll davon, wie sie mit Tieren redete. Sie schienen ihr zuzuhören, beruhigten sich und gehorchten ihr. Damit konnte sie in den allermeisten Fällen eine dauerhafte Basis für ein harmonisches Miteinander zwischen Mensch und Tier erschaffen. Ihr Mann zählte tief bewegt einige Beispiele von störrischen Eseln, wilden Kühen und bockigen Pferden auf, die unser Reiseführer für uns übersetzte. Wer wollte, konnte bei ihr in der Regel Hilfe finden, denn sie fand den richtigen Ton, der individuell notwendig war. Eine Art Frau „Dr. Dolittle", die es wirklich gegeben hat und die mich mit großer Ehrfurcht vor so viel Empathie erfüllte.

Ihre Schuhe waren sicher und ganz bestimmt viel zu groß für

mich, aber wenigstens barfuß wollte auch ich MIT den Tieren laufen und sie noch mehr als bisher mit dem allergrößten Respekt behandeln – das hatte ich mir seit diesem Moment fest vorgenommen. Auch wenn ich bei Fuchsberger nichts ausrichten konnte, rede ich nach wie vor mit ansprechbaren Tieren, denn das ist im Gegensatz zum gemeinsamen Spaghetti-Essen sicher die artgerechtere Behandlung. Eine Laufente mit Windeln, die am Tisch, aus welchen Gründen auch immer, mitisst und artfremd in einer Wohnung oder im Zirkus leben muss, wäre der estnischen Dolmetscherin für tierische Sprachen genauso ein Dorn im Auge gewesen, wie die heute weit verbreitete Intensivhaltung. Kranke oder behinderte Tiere liebevoll in die menschliche Gesellschaft einzubeziehen, wie beispielsweise die Störchin Malena, die von dem Kroaten Stjepan Vokic in dessen Heimat so vorbildlich umsorgt wird, ist dagegen aufopferungsvoll und bestimmt bewundernswert.

Generell bleibt ein Tier aber immer ein Tier, dass artgerecht behandelt werden will. Es spricht, wie auch eine Laufente, seine „Sprache", auch wenn der Mensch sie nicht versteht.

Umgekehrt sind nur einige Tiere, meistens Angehörige bestimmter Tierrassen, in der Lage menschliche Wörter zu verstehen. In erster Linie jedoch ist die Sprachmelodie des Menschen entscheidend für das tierische Verständnis der artikulierten Worte.

Wir hatten, wie erwähnt, den Eindruck, dass unser „Schnell-Schnell" ein solcher fest verankerter Tonfall im walnussgroßen Gehirn von Klops und Krümel war, dem sie mit großer Freude und eifriger Schnelligkeit Folge leisteten. Hier war ein Leckerbissen zu erwarten. Der dienstleistende Mensch hatte eine

Schnecke, einen dicken Brummer, vielleicht ein paar gekochte Nudeln oder auch die leckeren Körner in der Hand und wartete auf die mit wehenden Federn herannahenden Langhälse. Sobald sie diese Worte hörten, flitzten unsere Enten aus der entferntesten Gartenecke los. „Schnell-Schnell" wurde so zu einem Universalruf für das gemeinsame Essen in unserer Familie und sprach sich unter Freunden und Bekannten herum.

Ein späterer Mitarbeiter, der sich schon an Laufenten im Garten gewöhnt hatte, bevor er unsere kennenlernte, stellte sich beispielsweise während eines Arbeitseinsatzes vor einem Imbiss auf und rief meinem herannahenden Mann ein humorvolles „Schnell-schnell" zu. Und der verstand, lachte und nickte zustimmend. Menschen mit Humor nahmen das Entenvokabular in ihrem Wortschatz auf, der für Außenstehende sicher merkwürdig geklungen haben muss.

Der ältere Nachbar, der einige Male während unserer Abwesenheit die Enten unter seine Fittiche genommen hatte und immer wieder Zeuge der Rundumversorgung und meiner Gespräche mit ihnen wurde, beschrieb die Lebensmodalitäten meiner beiden Lieblinge einmal sehr präzise, amüsiert, kurz und knapp: „Deine Enten sind ganz schön verwöhnt."

Und genauso war es auch – Recht hatte der lebenserfahrene Mann!

7. Nur eine Schnecke

Die Esche am Gartenrand

Dann kam jener Sonntag im Juli 2011. Es war recht warm und unser Garten zu diesem Zeitpunkt ohne sichtbaren Schneckenbefall.

Am Nachmittag hatten wir Gäste zum Kaffee eingeladen und ich schichtete eine Johannisbeertorte. Beim Blick aus dem Küchenfenster konnte ich meine beiden Watschler nicht entdecken. Eigentlich näherte sich allmählich die Zeit für ihr gemütliches Mittagspäuschen, das meistens auf dem Rasenstück vor der Küche abgehalten wurde. Nach ein paar weiteren, auf einem Resthof unvermeidlichen „Mal-Ebens", die ich noch schnell erledigen wollte, wurde ich unruhig. Normalerweise kamen Krümel und Klops so oder so hier vorbei, um aus den herumstehenden Eimern Wasser zu trinken. Es kam nach wie vor mindestens einmal täglich frisch aus der Regentonne.

Natürlich konnten sie auch hinter dem Schuppen sein. Oder im Vorgarten der Ferienwohnung. Oder in der Bepflanzung am Rand zu Nachbars Garten. Oder im Gemüsegarten bei den Kartoffeln. Vielleicht auch unter den Himbeersträuchern. Überall suchte und rief ich sie dort draußen. Mein Mann kam mir zu Hilfe. Er fand die beiden auf der angrenzenden Weide, die eigentlich mit Hühnerdraht von unserem Garten abgetrennt war und für Enten unerreichbar sein sollte. Eigentlich. Aber wo ein Klops, da ein Weg. Wohlgemerkt: Ein Fußweg – fliegen war nichts mehr für Klops. Diese Anstrengung hatte sie nur ganz zu Anfang während ihrer Einzäunung auf dem Rasenstück angewandt. Damals allerdings völlig erfolglos, denn sie navigierte falsch und landete auf einem Vordach, das sie im raschen Sturzflug wieder verließ. Ein Nahrungsangebot war, wie sie offenbar schnell feststellte, dort kaum vorhanden und Krümel weit weg. Nach diesem missglückten Flugversuch gab

es keinen weiteren, so dass wir uns im Glauben an Klops Lern-
fähigkeit bestärkt sahen.

 Heute stand ausnahmsweise kein Pferd auf dieser Weide. Das
hätte unsere Watschler aber sicher bei der Suche nach Schnecken am Flächenrand nicht gestört – dort wo das Gras und die
Wildkräuter noch hoch und saftig unter dem Elektrozaun und
einer Stacheldrahtbespannung wuchsen. Weder wir noch die
Pächterin wünschten Entenbesuche. Auf der Grasfläche liefen
Pferde und Trinkwassergefäße für Enten waren an dieser Stelle
nicht vorgesehen. Der Rückweg zu unserem Garten hatte die
Intelligenz der Langhälse bestimmt überfordert, denn es galt
die undichte Stelle des Zauns exakt wiederzufinden. Dies alleine war aber nicht der Grund, warum heute unserem „Schnell-
schnell"-Ruf nicht Folge geleistet wurde. Mit Schrecken sahen
wir, dass Klops vor Schwäche kaum noch gehen konnte. Vorsichtig nahm mein Mann sie auf, während ich Krümel zurück-
trug. Sie wirkte im Unterschied zu ihrer Schwester quietsch-
fidel. Jenseits des Zauns setzte ich sie ab, während Klops im
Sturmschritt zum Regenfass gebracht wurde. Deutlich erkenn-
bare Atemprobleme machten ihr zu schaffen, ihr Hals hing
schon leicht schlaff. Wasser nahm sie kaum noch auf. Deshalb
bekam sie auch sofort eine Halsmassage. Mein Mann vermutete, dass unsere kleine Draufgängerin eine Schnecke „pur" gefressen hatte. Das kann auch direkt am Wassernapf für Laufenten je nach Größe der Schnecke tödlich ausgehen. Ohne dabei
trinken zu können ist es auf jeden Fall sehr gefährlich. Manchmal gelingt es, den festsitzenden Schleimer mit Massage in den
Magen der Ente oder wieder aus dem Hals heraus zu schieben.
Klops Atmung jedoch wurde beängstigend schnell schwächer,
auf ihren Beinchen konnte sie schon nicht mehr stehen und so

lag sie auf dem Boden als sie starb. Das alles ging sehr schnell und ich konnte es gar nicht sofort realisieren.

Jeder, der schon einmal in einem Hund oder einem anderen Tier einen treuen Freund gefunden hat, wird nachvollziehen können, wie ich mich fühlte. Aber auch all das Wasser, das ganz von selbst aus meinen Augen kam, konnte meine Kleine nicht mehr lebendig machen. Unser Sohn weinte mit mir um die Wette, vergaß aber kindgerecht schneller als ich.

Sichtlich betroffen und traurig begann mein Mann am Gartenrand zur Weide hin ein kleines Grab zu schaufeln. Es war ihm nicht gelungen zu verhindern, dass ich die tote Ente noch einmal sah. Die Erinnerung bleibt.

Direkt unter der großen Esche vergrub er dann unsere Klops-Ente. Wir befreiten die Erde rundherum ganz von Rasenaufwuchs und Wildkräutern und legten gemeinsam aus kleinen Feldsteinen einen runden Rahmen in Entengröße auf unsere darunter begrabene, so sehr geliebte, kleine Draufgängerin.

Dass ausgerechnet sie an ihrer Lieblingsspeise starb, war schon irgendwie paradox. Und doch: Bei Raubtierüberfällen war sie anscheinend unschlagbar, denn auch in unserem derzeitigen Zuhause hatten wir immer wieder Angriffe von Raubvögeln beobachtet, die sie erfolgreich abwehrte. Und Draufgänger sterben meist nicht hochbetagt im eigenen Bett. Vielleicht musste eine Schnecke die Todesursache sein.

Mitten in den Steinkreis legte ich noch zwei Äste in Kreuzform, unter denen mein Entenmädchen wieder zu Erde werden würde. In den nächsten Monaten hielt ich ihre letzte Ruhestätte immer in diesem Zustand: schwarze Erde ohne Bewuchs. Völlig erstaunt und schon ein bisschen surreal anmutend bemerkte ich beim erneuten Säubern im zeitigen, darauffolgenden Frühjahr innerhalb des Steinkreises die ersten zarten Blättchen einer Malve. Die Farbe dieser Blume hatte ich nie zuvor in meinem Garten gesehen. Sie bedeckte bald darauf in rosaroter Blütenfülle ausschließlich diese Entengrabstätte. Ich ließ sie gerne gewähren. Irgendwie kam es mir so vor, als hätte die Natur den Wind gebeten, einem ganz besonderen Lebewesen ein sichtbares Denkmal zu errichten.

8. So süß wie ein Keks

Kein Keks ohne Krümel

An jenem Sonntag haben wir unsere Gäste zum Kaffee wieder ausgeladen. Sie zeigten Verständnis. Trotz unserer Trauer erkannten wir sofort die entenfreie Zone um Krümel. Eine Laufente alleine grämt sich zu Tode, schreit nach einem Artgenossen oder sucht bis zum Umfallen danach. Krümel schien den Verlust noch nicht wirklich realisiert zu haben, obwohl uns auffiel, dass sie hektischer wirkte als sonst. Die Verbundenheit mit ihren Menschen spielte sicher eine entscheidende Rolle bei ihrem vergleichsweise noch entspannten Verhalten. Durch unsere Gegenwart fühlte sie sich nicht so einsam wie eine ungezähmte Artgenossin. Dennoch war die Notwendigkeit einer passenden Gesellschaft unabdingbar vorgegeben – nicht nur, weil wir am Abend weder zu Krümel in die Hütte kriechen, noch ihr einen Platz in unserem Bett anbieten wollten.

In erster Linie suchten wir, aufgrund der zu erwartenden Eier und der Erfahrungen mit Fuchsberger, nach einem weiblichen Tier. Ein bekanntes Kleinanzeigen-Portal erwies sich als überraschend schnelle Lösung. Hier erfuhren wir, dass 30 km westlich von uns, in Dithmarschen, eine Laufentenherde zu groß geworden war.

Als wir dort ankamen, vergnügten sich viele, viele Laufis gerade in einem natürlichen Teich vor den Fenstern eines gemütlich anmutenden Häuschens. Darin wohnte eine wohl ähnlich unkonventionelle Frau wie ich, die meine Traumvorstellung von Laufentenhaltung realisiert hatte. Auf sympathische Weise freundlich, half die Halterin der etwa 20 Langhälse bei der Auswahl und dem Einfangen einer jungen Ente. Sie war im Mai geschlüpft und vereinzelt ließen sich noch flaumige Rudimente aus Kindertagen in ihrem überaus hübschen Gefieder erkennen. Im Unterschied zu der hellnaturbraunen Krümel- und der ebenfalls nach wildem Vorbild dunkelgefärbten Klops-Ente, war diese fast gleichmäßig hellbeige. Die Farbe erinnerte an den klassischen Butterkeks.

Als das junge Entchen dann sicher in der durchlöcherten Pappkiste neben unserem Sohn auf der Rücksitzbank des Autos saß, schnatterte sie, trotz der sie umgebenden Dunkelheit leise, aber unaufhörlich, vor sich hin. Das könne einem mit der Zeit schon ganz schön auf den Keks gehen, meinte unser Elfjähriger. Und so kam das junge Entchen zu seinem Namen.

Wie passend der war, erlebten wir in den folgenden Tagen. Keks folgte Krümel auf Schritt und Tritt und schnatterte dabei ständig, wirklich unablässig, vor sich hin. Ganz deutlich meinten wir zu verstehen: *„Hallo, du große Ente. Wo bin ich denn hier? Ich gehe sicherheitshalber immer hinter dir her. Weißt du, ich bin ja noch so klein und so schüchtern und so fremd hier. Bitte zeig' mir doch alles, was es hier so gibt. Nein, ich will dich nicht nerven. Hab' mich doch lieb. Ich tue dir bestimmt nichts. Was ist denn das hier? Und wo geht's denn hier lang? Was machst du jetzt da? Darf ich auch schon eine Schnecke fressen? Oder willst du sie? Ich will sie dir ja nicht wegnehmen."* Und immer so weiter. Die ganze Zeit. Fast ohne Pause hörten wir ihr leises Geschnatter durch das geöffnete Fenster oder direkt im Garten. Krümel ging gründelnd vorneweg. Ab und zu drehte sie sich um und gab Laute ab, die sich anhörten wie: *„Halt doch mal den Schnabel, Kleine. Du gehst mir auf den KEKS!"*

Keks war das absolut komplette Gegenteil von Klops. Stets vorsichtig und dem Anschein nach ständig fragend, tastete sie sich hinter Krümel durch unseren Garten und ihr Entenleben. Dabei übernahm sie alle Gepflogenheiten der älteren Ente zeitnah und vorbehaltlos: Krümel fraß uns aus der Hand.

Also tat sie es auch. Am Anfang erschrak sie, wenn wir dicht an ihr vorbeigingen. Da sich aber Krümel nicht die Bohne für unsere Füße interessierte, nahm auch Keks schon bald keine Notiz mehr davon. Ihr Köpfchen blieb im Gefieder, während sie schlief. Nur auf den Blick aus den Augen zweier schräggestellter Köpfe auf langen Hälsen mussten wir von nun an verzichten. Das gemeinsame Klops-Krümel-Special war hier anscheinend nicht übertragbar.

Den ganzen Sommer und Herbst war Keks nie weiter als einen halben Meter von ihrem älteren Vorbild entfernt. Dann wagte sie die ersten, zaghaften Schritte unter eigener Regie.

Ein Winter, ein weiteres Jahr und ein eiskalter Vorfrühling im Jahr 2013 folgten.

Keks wirkte zunehmend freier und sicherer ohne aber ihren klar erkennbaren, vorsichtigen Charakter je zu verlieren. Sie war ohne Zweifel die niedlichste Ente, die wir bis jetzt kennenlernen durften. Ihr schüchternes Wesen und ihr leises Geschnatter machten sie so bezaubernd.

Krümel wirkte nach den ersten harten Wochen der Entenerziehung entspannter und genoss offensichtlich ihre Gesellschaft. Gemeinsam gingen sie auf erfolgreiche Streifzüge und lagen anschließend dicht beieinander, um sich davon auszuruhen. Wie einst mit ihrer Schwester harmonierte diese Beziehung gleichfalls im friedlichen Miteinander. Und auch hier ließ sich das wohltuende *„wieht-wieht-wieht"*, das Musik in unseren Ohren war, sehr oft vernehmen.

9. Gründonnerstag 2013

Es war kalt. Der Winter bestimmte Ende März noch immer die Temperaturen und sorgte für eine geschlossene Schneedecke. Auch kurz vor Ostern, am Gründonnerstag, war es noch Stein und Bein gefroren.

Krümel und Keks schliefen gut zwölf Stunden lang in ihrem rot-weißen Schwedenhäuschen. Es stand, damit der Wind von unten nicht so hereinblies, leicht vertieft auf Gehwegplatten, die in der Rasenfläche eingelassen waren. In der Mitte der Hütte war ein kleines Loch frei geblieben, weil ein passender Pflasterstein fehlte. Eigentlich wollte ich bei Gelegenheit das Loch irgendwie verschließen. Eine von vielen Tätigkeiten, die „mal eben" hätten erledigt sein können, wenn es bloß nicht so viele gewesen wären. Zeitmangel und Müdigkeit setzten immer irgendwann Grenzen. Als Selbstständige in der Umweltbranche, die unter anderem aufgrund des Platzangebots für unsere Maschinen und Geräte den Hof gekauft hatten, war Arbeit für uns sowieso keine Mangelware. Wir schafften nie alles, was wir wollten und was sicher auch wichtig gewesen wäre. In diesem Fall dachten wir auch wirklich nichts Böses – naiv, wie wir damals waren, hatten wir die Gefahren des eisigen, langen Winters unterschätzt. So ein bisschen zusätzliche Belüftung durch ein kleines Loch unter der dicken Strohdecke auf den Platten würde doch wohl nicht schaden, dachten wir – wenn wir daran dachten…

Dabei übersahen wir die Verzweiflung von so manchem Marder oder Mauswiesel in jenem langen, kalten Winter. Eines dieser Raubtiere muss sich mit einer gewaltigen Kraftanstrengung – im gefrorenen Erdreich – hinter der Rasensteinabgrenzung

– unter der Breite von mindestens zwei Gehwegplatten – auf dem direkten Weg seiner Nase folgend, durchgegraben haben und zur freien Mitte gelangt sein.

Mein Mann war an diesem Tag vor mir aufgestanden und kehrte kreidebleich zurück. Schon bevor er das Bett erreicht hatte, hörte ich ihn fassungslos sagen: „Du musst jetzt tapfer sein. Beide Enten sind nicht mehr. Als ich zur Hütte ging, bemerkte ich schon eine merkwürdige Unruhe. Als ich die Tür öffnete, waren keine Enten zu sehen, nur das Stroh bebte. Ein Marder oder Mauswiesel muss die halbe Nacht gegraben haben und hat sich, als er mich hörte, wohl sofort aus dem Staub gemacht. Wahrscheinlich stirbt auch er nach dieser enormen Anstrengung, mit deren Hilfe er seinen Hunger doch nicht stillen konnte."

Dass Krümel und Keks gerade noch die letzten Lebenszeichen von sich gegeben hatten, erwähnte er nicht mehr – der Schock war auch so riesengroß: Meine geliebte Krümel-Ente und meine bezaubernde Schnattertante konnten und durften doch nicht einfach so tot sein! Und was mussten die beiden Ängste ausgestanden haben, als sie wehrlos ihrem Mörder entgegenblickten und wie zum Tode Verurteilte auf den Henker warteten!

Mein Schmerz über ihren Verlust und ihr grausames Sterben war für mich ganz schwer zu ertragen. Ich war so sehr verzweifelt, weil ich mir selbst große Vorwürfe machte. Anders als bei Klops, deren Ende ich als Unfall betrachtete, fühlte ich mich mitschuldig an dem brutalen und noch dazu sinnlosen Tod meiner beiden Schutzbefohlenen. Warum hatte ich nicht einfach – mal eben – ein oder zwei kleinere Steine auf das Loch in der Mitte der Hütte gelegt? Oder einen Bodenbelag zurechtgeschnitten? Warum – verdammt in alle Ewigkeiten – hatte ich einfach nicht daran gedacht? „Weil der Mensch Fehler macht", stellte mein Mann fest, der sich auch selbst Vorwürfe machte. Kein Trost, sondern eine Tatsache, die mich auch heute noch traurig werden lässt. So ist das Leben – für Enten UND für Menschen.

Unser noch zwölfjähriger Sohn reagierte zwar tief betroffen, behielt aber im Unterschied zu mir einen klaren Verstand: Krümel und Keks mussten umgehend zu Klops. Die Erde war aber bretthart gefroren. Die von ihm vorgeschlagene Lösung bestand in einem großen Sack alter Blumenerde, die viele Jahre im Schuppen gestanden hatte. Mein tapferer Mann nahm die leblosen Enten mit der Schaufel auf und legte sie auf Klops Grab. Darauf leerte er den Sack. Nun würden keine Malven mehr dort blühen, das war sicher. Aber das naturnahe Hügel-grab unter den Ästen der großen Esche am Gartenrand war bestimmt auch so diesen drei so sehr geliebten Enten würdig.

10. Ein Garten ohne Enten ist wie ein Sommer ohne Sonne

Die Entenhütte unter dem Zwetschgenbaum

Sobald der Frost aus der Erde war, setzten wir das rot-weiße Holzhäuschen unter einer Kleinanzeigen-Rubrik „Zu verschenken" ins Internet. Wir boten es als Kleinstall an, der auf festen Untergrund zu montieren sei.

Es dauerte einige Wochen, bis eine Minischweinehalterin ein neues Heim für zwei ihrer Tiere suchte und die Hütte bei uns fand. Auf der Ladefläche eines offenen Transporters entschwand das Zuhause meines einstigen Entenglücks aus unserem Garten. Zeitnah nahmen starke Hände die Platten auf und ich grub die Rasenkantensteine des großen Rechtecks aus, auf dem die Hütte einst gestanden hatte. Nachdem auch die Feldsteine unter der ehemaligen Türöffnung beseitigt waren, füllten wir die Vertiefung mit Erde auf und säten Rasen ein.

In dieser Mördergrube sollten nie wieder Enten leben. Und … durften überhaupt wieder Enten in unseren Garten? Ich fühlte mich nicht berechtigt, den „Entenführerschein" erneut zu erwerben. So, als würde ich unsere drei wunderbaren Entendamen dadurch verraten, mich illoyal verhalten. Ich hatte sie zu meiner Freude und Entspannung regelrecht benutzt und fühlte mich an ihrem Tod mitschuldig. Der Hopp-hopp-Modus unserer Arbeit war doch eigentlich keine Entschuldigung. Wer keine Zeit dafür hat, sollte keine Enten halten, oder? – Meine Meinung war nicht identisch mit der meines Mannes, der unseren Fehler verständlich und verzeihlich fand.

Auch er litt unter dem „leeren" und ruhigen Garten, wo es doch hörbar summte und brummte. Die ersten Vögel des Vorfrühlings zwitscherten schon bald fröhlich in „Dur". Trotzdem empfand ich den Garten wie eine Theaterkulisse ohne Schauspieler. Stille umgab mich – kein Gequake, kein Klopfen an die Küchentür, kein *„wieht-wieht-wieht"*.

Lärm und Geräusche haben viele Tonarten. Stille ist immer gleich, auch wenn sie dieses Mal nur für mich zu bemerken war.

Kein frisches Entenei zu Ostern oder danach. Keine Freude bei Regenwetter, denn das ist ja DAS Entenwetter schlechthin. Wenn man keinen Hund vor die Tür schickt, weil es schüttet wie aus Eimern, geht es einer Laufente erst so richtig gut. Dann tobte auch in unserem Garten das Leben ganz besonders und mir erschien es immer, als würden die für ihren aufrechten Gang bekannten Watschler ihre Schnäbel gar nicht mehr aus der schlammigen Erde hervorheben. Ständig eilten sie mit tief gesenkten Köpfen hektisch von der einen Minipfütze zur nächsten. Dabei gründelten und buddelten sie ekstatisch im Matsch und fanden offensichtlich Leckereien, von denen wir nichts ahnten und die wir nie erkennen konnten.

Aber nun war davon auch nur die Erinnerung geblieben.

Viele Schicksalsschläge hatten unsere Enten schon getroffen, die uns traurig werden ließen: Raubüberfall, Gefangenschaft, Angriffsversuche von oben und nun diese grausamen Morde.

Das Entenleben erschien uns wie ein Krimi, in dem wir meistens die Täter kannten. Der Verlust war deshalb aber nicht weniger gravierend für uns. Wir waren so niedergeschlagen, dass uns das gegenseitige, leicht genervte, „Gehst-du-die-Enten-einsperren-oder-muss-ich-schon-wieder?" am Abend auch schon fehlte.

Ein anderer Bewohner unseres Hauses saß nun oft in unserem Garten, der so leer und still für mich geworden war. Ein gutes Jahr zuvor war ein neues Glück auf vier Pfoten aus einer Stadtwohnung zu uns gekommen. Schon durch seine konstante Gegenwart an meiner Seite konnte der ruhige und sehr intelligente Border Collie mich trösten. Auch als ich kurz nach dem Tod meiner Laufis jene unschöne Diagnose bekam, die mittlerweile etwa jede 10. Frau in Deutschland trifft: Einen Tag bevor der erste Monat ohne Krümel und Keks vorbei war, wurde der Tumor aus meiner Brust anscheinend rechtzeitig entfernt – keine Metastasen und eine gute Prognose bei einer Anti-Hormonbehandlung und vorhergehender sechswöchiger Bestrahlung. Dieses Glück im Unglück betrachte ich auch heute noch voller Demut und Dankbarkeit. Eine Restangst kam – und kommt – immer wieder einmal auf, aber die Behandlungszeit sollte ganz anders verlaufen als gedacht.

Denn als ich drei Tage nach der Operation aus dem Krankenhaus entlassen wurde, stand auf unserem Esszimmertisch ein Brutkasten. Darin lagen fünf weiße Eier. Die Entscheidung über zukünftige Enten im Garten war mir abgenommen worden. Der für mich beste Ehemann der Welt hatte beschlossen, mich durch eine zusätzliche Aufgabe und der großen Freude daran abzulenken.

Naturbrut ist immer die bessere Wahl, aber ich war nun mal keine Ente und für meinen Herrn und Gebieter – in diesem Fall jedenfalls – war meine Situation Grund genug, sein Handeln zu rechtfertigen.

Eine Laufente hat eine konstante Körpertemperatur und lässt in Futter- und Verrichtungspausen die Eier leicht abkühlen, um Überhitzung zu vermeiden. Aber auch sie riskiert „Fehlgeburten". Diese Rate ist bei Kunstbrut allerdings höher und man kann nie 100% sicher sein, dass der Züchter wirklich alle Eier auf mögliche Insassen vor der Abgabe durchleuchtet hat.

Wir taten 28 Tage lang unser Bestes, drehten und wendeten und fanden die gesuchten Spuren des Lebens in drei Eiern.

Deshalb hofften wir auf mehr, als am 27. Mai 2013 morgens um 6.30 Uhr ein kleines Loch in der Eierschale sichtbar wurde und es merkwürdig zu riechen begann. Und schon etwa 10 Minuten bevor unser Sohn mit dem 7.12 Uhr-Bus zur Schule fahren musste, hatte sich ein verklebtes, zartgelbes Entlein aus seiner Schutzhülle befreit. Neben den zerbröselten Schalen, die nun wertlos geworden waren, atmete es mit einem leisen *„fiep"* die erste Luft des neuen Lebens ein.

11. Fieps ist da!

Fieps und das große Wasser

Damit hatte sich das niedliche Küken unbekannten Geschlechts seinen Namen selbst gegeben. Das wurde einen Tag später von unserem Sohn so beschlossen. Intuitiv fügte er noch das wohlklingende „S" an die erste Lautäußerung des mittlerweile hühnerkükengelben Flaumknäuels.

Zwei Tage lang hofften wir noch auf Geschwister, dann nahmen wir die Eier heraus. Wie die anschließende Durchleuchtung zeigte, war das Leben zweier Insassen zu unterschiedlichen Zeitpunkten zu Ende gewesen. Fieps war der einzige Schlupf aus den fünf Eiern, von denen zwei offensichtlich gar nicht befruchtet waren.

In die auffallend großen, tiefschwarzen Kulleraugen, die aus dem hellen Flaum seines Gefieders besonders deutlich herausleuchteten, interpretierten wir Einsamkeit. Aber die Notwendigkeit einer schnellen Handlung war uns auch so klar: Ein Entenküken musste sofort und ganz dringend unserem Fieps unter der Wärmelampe in der Aluminiumkiste Gesellschaft leisten.

Die Suche danach vertraute ich ruhigen Gewissens meinem Mann an. Er ist der genialste „Sachenfinder", den ich kenne. Dieses Talent verliert er zwar schlagartig und vollständig beim Betreten der heimischen Schwelle – auf Flohmärkten und bei Recherchen im Internet kann er aber in der Regel große Erfolge vorweisen.

Ein kleines Laufentenküken ist zwar keine Sache, aber Tiere sollen durch den Verkauf eine symbolische Wertschätzung bekommen.

In bekannten und unbekannten Quellen suchte mein Mann. Und telefonierte. Und suchte weiter. Die Zahl der Züchter, so wurde ihm während diverser Anrufe bei Geflügelzuchtvereinen immer wieder bestätigt, sei mittlerweile nach der Stallpflicht 2005 stark zurückgegangen. Die meisten Hobbyzüchter erfreuten sich an dem Wohlergehen ihrer Lieblinge bei artgerechter Haltung und hätten dementsprechend nur kleine Schlafställe. Keiner von ihnen wollte zusehen, wie sich das geliebte Geflügel in engen Ställen quälen musste und hatte die Zucht aus Angst vor neuen behördlichen Auflagen beendet.

Außerdem, lautete die Information, würden so kleine Küken in der Regel meistens auch gar nicht angeboten. Es bestehe kaum Nachfrage, weil sich das Geschlecht erst nach einigen Wochen erkennen lässt.

Mein im Internet akribisch suchender Mann wurde dann dennoch relativ schnell bei einer Halterin fündig. Es stellte sich aber sofort wieder ein neues Problem ein, denn sie hatte die Küken zwar schon inseriert, wollte sie aber frühestens im Alter von acht Wochen von der Mutter trennen. In einem langen Telefonat verweigerte sie meinem Mann die frühere Abgabe, erklärte sich jedoch bereit, Fieps von ihrer Ente aufziehen zu lassen. Sie wohnte in ca. 100 km Entfernung.

Die Vorstellung mein Kleines wegzubringen, es nicht sehen zu können und – ganz unvorstellbar – obendrein zu riskieren, dass ihm in dem großen Entenhaufen etwas zustoßen würde, machten mir Angst und ich trug ihr diese Argumente vor. Immerhin wollte sie darüber nachdenken und ich sollte in zwei Tagen noch einmal anrufen. Die Gründe für die Kunstbrut hatte ich ihr nicht mitgeteilt. Ich wollte keine Tüte Mitleid, selbst wenn ein Entenküken darin gewesen wäre, und fand eine Rechtfertigung absolut unnötig. Unser Handeln war weit entfernt von Tierquälerei, obwohl prinzipiell eine natürliche Aufzucht bei der Mutter in den meisten Fällen die bessere Wahl ist. Mir war aber auch bekannt, dass einige Halter ihre Küken sofort vom Elternpaar trennen müssen. Die meisten Erpel gehen nämlich nicht gerade zimperlich mit ihrem eigenen Nachwuchs um und daraus resultierende Todesfälle sind keine Seltenheit.

Beim dritten Telefonat trat die Dame mit der leider zunehmend weitverbreiteten Arroganz der persönlich abonnierten Allwissenheit noch energischer belehrend auf. Dabei führte sie uns eine egoistische Vorgehensweise so vor Augen, dass ich mich wie eine Schwerverbrecherin fühlen sollte. Ich beendete das Gespräch schnell und halbwegs freundlich, aber innerlich sehr aufgebracht. Nun war mir mehr denn je klar, warum sich die fürchterlichen Shitstorms immer weiter ausbreiten. Ohne alle oder überhaupt Fakten zu kennen, entstehen sie aus der Dummheit der Vorverurteilung oder fehlender Toleranz. Das Internet gewährt den Schutz der Anonymität und verbreitet alles rasend schnell. Hasskommentare sind niemals sachlich begründet und zeugen von Unwissen. Irgendwann kann dann sogar eine Lüge zur Wahrheit mutieren, nur weil sie so oft zitiert wurde.

Zu diesem Zeitpunkt hatten wir übrigens den Brutkasten sowieso schon wieder verkauft. Ich wollte eine solche Prozedur keinesfalls noch einmal beginnen. –

Im Gegensatz zu diesem fruchtlosen Telefonat waren die lieben Zeilen meiner Brieffreundin Balsam für meine Seele: „Die Laufente meiner Arbeitgeberin brütet schon länger. Wenn die Küken da sind, bringe ich Dir eins." Wir hätten es auch geholt. Jene Ente vom Niederrhein vergaß ihre Eier jedoch oder verlor schlicht die Lust am Brüten, was nicht ungewöhnlich für Laufenten ist.

Sicherheitshalber hatte mein Mann auch schon weitergesucht.

Seine Zähigkeit wurde drei Tage nach Fieps´ Schlupf endlich von Erfolg gekrönt.

Zwischendurch konnten wir das Küken immer wieder mit einem Wurm, der sich durch einen ständig erneuerten Minigarten in einer Blumentopfunterschale schlängelte, bei Laune halten. Begeistert gründelte das Kleine los. Ließ das Wetter es zu, setzten wir es nach draußen ins Gras. Während der Winzling mit seinen schönen, schwarzen Augen die große Welt betrachtete, wurden wir langsam nervös, sehr nervös. Aber nun schien eine Rettung ja in Sicht.

Sie lag 40 km vor Hamburg. Dort wurden Laufentenküken angeboten. Mein Mann, der längere Autofahrten hasst wie der Teufel das Weihwasser, ergriff Autoschlüssel und Lenkrad gleichzeitig und wir machten uns auf den Weg.

Heerscharen von Geflügel und ein großer Kindergarten von Laufenten erwarteten uns am Ziel unserer Fahrt. Sie waren noch zu klein, um ein Geschlecht zu erkennen, aber schon etwa zwei Wochen älter als unser Flaumknäuel. Der Züchter sah keine andere Möglichkeit der räumlichen Trennung von den erwachsenen Erpeln. Auf dem kleinen Rasenstück unter einem Dachvorsprung, an dem mehrere Wärmelampen aufgehängt waren, liefen dementsprechend ausschließlich Küken.

Aus dieser Rasselbande wählten wir zur Sicherheit zwei, statt nur einem Küken aus und machten sie startklar für die Heimfahrt. Zuhause wartete Fieps in sicherer Obhut unseres tierliebenden Sohnes bestimmt sehnsüchtig auf einen Artgenossen. Aus diesem Grund gingen wir das Risiko ein, ältere Küken zu kaufen und zu unserem Minipiepser in die Aluminiumkiste zu setzen.

Eigentlich war die graue Kiste schon zu klein für die größeren

Küken. Die Wärmelampe wurde aufgrund des Trios sowieso nicht mehr gebraucht und wann immer das Wetter es zuließ, liefen die Küken draußen in dem provisorisch errichteten Kaninchendrahtgehege.

Es war nur eine sehr kurze Freude der Erleichterung. Schon nach wenigen Tagen ging gar nichts mehr. Eines der beiden „Großen" ging rabiat auf Fieps los, verfolgte es und hackte nach dem völlig verängstigten, kleineren Küken. Nichts half – wir mussten Fieps in Sicherheit bringen, sonst wäre es ernsthaft zu Schaden, vielleicht auch zu Tode gekommen. Wir sahen die Notwendigkeit einer dauerhaften Trennung sofort ein, obwohl wir uns irgendwie schäbig dabei fühlten. Wenigstens wollten wir die erst kürzlich geholten jungen Entchen gemeinsam abgeben. Ohne Probleme fanden sie schnell ein neues Zuhause bei sympathisch wirkenden Menschen.

Eine stille Verzweiflung ergriff mich und breitete sich aus. So hatte ich mir das nicht vorgestellt. Ich dachte an das kleine, hilflose Küken, für dessen Einsamkeit ich verantwortlich war. Meine Strahlentherapie verlief nebenbei, im Fokus meiner Gedanken stand Fieps.

Mein Mann suchte schon wieder – und er fand!

12. Dann kam Äffchen…

Je kleiner das Glück, desto mehr muss man darauf aufpassen!

Wie in einem bekannten Kleinanzeigen-Portal zu lesen war, wohnte auf der anderen Seite der Elbe die Erlösung für unseren einsamen Winzling.

Um dorthin zu gelangen, mussten wir die Fährverbindung Glücksstadt-Wischhafen nutzen. Sie ist oft ein Nadelöhr. Ein zweiter Anleger wäre wahrscheinlich eine schnelle, einfache und kostengünstige Lösung. Die lang geplante, feste Elbquerung ist aber teurer und aufwendiger im Unterhalt und wird deshalb auch gebaut werden. Bald oder irgendwann. Noch aber fahren die beiden Fähren hin und her. So wird den Passagieren eine kleine Pause vergönnt, die leider meistens durch eine unfreiwillige, lange Wartezeit ergänzt wird.

Auf den dicken, hohen Anlegepfählen haben große Kindsköpfe der Besatzung gelbe Quietscheentchen angebracht. Irgendwie fühlten wir uns sehr in unserem Unterfangen bestärkt: Die heimliche Sehnsucht des Menschen nach einer niedlichen Ente scheint auf vielen Wegen Ausdruck zu finden, sogar bei wahrscheinlich an rauen Umgang gewöhnten Seeleuten.

An jenem Tag erreichten wir den kleinen Ort in der Nähe von Wischhafen schnell und ohne Fährprobleme. Hier waren zwei Tage nach Fieps elf Küken aus den Eiern einer Laufente geschlüpft. Die nette Dame, mit der mein Mann telefoniert hatte, sah sich dieses Mal gezwungen, ein wenig dabei zu helfen und einige Eierschalenstücke zu entfernen. Trotzdem war alles gut gegangen. Anschließend trennte sie, wie schon der Hamburger Halter, gleichfalls Nachwuchs und Eltern. Auch ihr fehlte der zweite Stall, um die Küken vor dem Zugriff des Erpels zu schützen. Die Kleinen bewohnten deshalb einen großen Drahtkäfig unter dem Waschbecken in der warmen Gästetoilette. Erst wenn sie eine bestimmte Größe erreicht hatten, sollten sie ihren „bösen" Papa ohne Vatergefühle wiedersehen. Die einst ungläubige Laufentenhalterin hatte in dieser Hinsicht bereits eine grausame Erfahrung gemacht und zahlreiche Küken eines Schlupfs auf diese Art verloren.

Wir wählten das kleinste der braun gestreiften Miniwatschler aus und bekamen es sogar geschenkt. Sie wolle unserem Flaumknäuel in der Not helfen, meinte sie. Außerdem sei sie sicher, dass wir den Nachwuchs auch ohne Bezahlung wertschätzten, wo wir doch eine so weite Fahrt gemacht hatten.

Die nette Frau hätte sich wahrscheinlich nicht so gut mit der zuvor erwähnten Kükenbeschützerin verstanden, obwohl die beiden ihre Laufentenbegeisterung miteinander teilten.

Sicherheitshalber hatten wir Wasser und eine Schale mitgenommen, denn erwartungsgemäß mussten wir tatsächlich in einer langen Schlange von Autos stehen, die zur Fähre wollten. Die im Radio genannte einstündige Wartezeit war wie üblich eine halbe Stunde länger und es war relativ warm.

Das Küken schien ein temperamentvolles Wesen zu sein. Als ich es vorsichtig aus dem durchlöcherten Schuhkarton nahm, entkam das kleine Entchen sofort meinen Händen und lief durch den Beifahrerraum. Gott sei Dank waren wir schneller und ich hielt den winzigen Watschler gut fest, um es in die frisch befüllte Wasserschale zu setzen. Trotz der ungewohnten Umgebung trank und spritzte es eifrig. Als wir nach gut zweieinhalb Stunden endlich zu Hause waren, hatte ich die Wasserplanscherei mit dem kleinen Quirl ein paar Mal wiederholt.

Fieps saß in seinem Kaninchendrahtverhau und freute sich sichtlich über seine neue Gesellschaft. Im Unterschied zu dem anderen Küken aus der Nähe von Hamburg schien das unstete Knäuel unserem gelben sehr freundlich gesinnt. Irgendwie hatte ich schon beim Aussuchen das Gefühl, dass es sich hier um ein weibliches Individuum handelte. Im Gegensatz dazu würde sich wahrscheinlich das hackende, das wir gemeinsam mit dem anderen wieder abgegeben hatten, zu einem Erpel entwickeln. Dies vermutete ich auch sehr richtig, wie sich bald darauf zeigen sollte, bei Fieps.

Erpel unter sich bilden zwar Männerfreundschaften, aber sobald eine Frau ins Spiel kommt, ist es damit vorbei. Das durchaus auch menschliche Verhalten wäre dann die Erklärung der Feindseligkeit gegenüber Fieps gewesen. Das wilde Küken aus der Nähe von Hamburg hatte vielleicht Fieps´ Männlichkeit und die Weiblichkeit seiner Begleiterin instinktiv bemerkt und begonnen, seinen schwächeren Konkurrenten frühzeitig auszugrenzen.

Unsere beiden Minipiepser konnten ihr Leben sichtbar miteinander genießen. Mit Absicht verzichtete ich auf zu viel Kontakt. Die schmerzhafte Erinnerung an Klops, Krümel und Keks war nur ein wenig abgeebbt. Ihre Zähmung war schon ein wenig ungewöhnlich gewesen und übte deshalb eine besondere Faszination aus. Letztendlich waren die Laufenten in meinem Garten halbwilde Tiere, das durfte ich nicht wieder vergessen. Auch wenn sie das gleiche Alter wie ein mittelgroßer Hund erreichen konnten, selten sogar 20 Jahre alt wurden, war ihr Leben draußen von Unsicherheiten geprägt, auf die ich kaum Einfluss hatte. Ein Raubvogel aus der Luft, ein Fuchs in der Dämmerung oder so ein Raubtier, das Krümel und Keks auf dem Gewissen hatte, war schneller bei ihnen als ich denken konnte.

Ein Haushund lebt sicherer mit seinen Menschen zusammen als die halbwilden Enten draußen. Bellen genügt auch oft schon zur Vertreibung eines möglichen Angreifers. Für Fieps und Äffchen konnte eine unbemerkte Bedrohung aber ganz plötzlich tödlich enden, sobald sie ihrem kleinen, rundherum geschützten Pferch im Garten entwachsen sein würden.

Eine gewissenhafte Pflege wollte ich selbstverständlich gewährleisten und so bewährte sich nachts weiterhin die bekannte Aluminiumkiste. Tagsüber waren sie fast immer in der von Fieps bereits erprobten Einzäunung auf dem Rasen unterwegs. Das neue Zuhause war möbliert mit einer ausrangierten, hochkant aufgestellten Kühlschrankschublade, die mit einem alten Handtuch ausgelegt und durch einen Stein vor dem Umfallen geschützt wurde. Außerdem gab es einen Porutscher, dessen Benutzung bei Eis und Schnee unser Sohn entwachsen war, und einen aufgeklappten Regenschirm. Auf diese Weise schufen wir eine Unterschlupfmöglichkeit, einen sicheren Schwimmteich, ohne kleine Küken der Gefahr des Ertrinkens auszusetzen und Schatten, ohne einen Baum in der Nähe zu haben. Sicher nicht die Designereinrichtung für den anspruchsvollen Perfektionisten der Gegenwart, der jede Kreativität im Keim erstickt. Die Hauptsache aber war gewährleistet, nämlich dass unsere Minipiepser sich sichtlich wohl fühlten.

Oder etwa doch nicht? Oder hatten wir vielleicht keine Laufente, sondern einen kleinen Affen jenseits der Elbe abgeholt? Wir glaubten jedenfalls nicht, was wir mehrmals täglich beobachteten und per Foto, das leider nicht mehr existiert, der menschlichen Kükenmama mailten: Senkrecht hoch war eine äußerst beliebte Fortbewegungsrichtung des kleinen Miniwatschlers. Immer wieder erklomm unser „Äffchen" die Maschen des Zauns bis zu einer bestimmten Höhe, um dann die Stummelflügel auszuklappen und – schwupp – wieder im weichen Gras zu landen. Vielleicht handelte es sich um einen Spieltrieb; vielleicht um einen Ausbruchsversuch. Die Vielfalt der Regungen einer gemeinen Laufente versetzte uns wieder einmal in Erstaunen. Und wir befürchteten, dass dieser Klettertrieb auch das Leben der erwachsenen Ente prägen könnte.

Noch war sie ein kleines Küken und die Aluminiumkiste reichte völlig für den nächtlichen Aufenthalt aus. Es war aber abzusehen, dass unser Entenpaar bald in ein neues Heim umziehen musste. Nach unseren traurigen Erfahrungen sollte es dieses Mal ein Hochsicherheitstrakt werden. Ich frotzelte deshalb, dass nur eine Festung mit Zugbrücke diesem Anspruch gerecht werden würde.

Viel schneller als gedacht wurde mein Mann kurz darauf seinem Ruf als „Sachenfinder" gerecht. Zu meinem ungläubigen Erstaunen fand er in nur 23 km Entfernung ein sehr schönes, selbst gebautes Entenhaus, das auf einem dicken Rohr montiert war. Dessen aufgeklappte Tür bildete tatsächlich eine Brücke zur Erde. Bildhübsch mit zwei Plexiglasscheiben im passendem Sprossenfensterlook und Luftlöchern, die für jedes Raubtier zu klein waren.

Der aktuelle Besitzer lebte mit seiner Familie mitten in der Stadt. Sein Mietshaus stand vor einem nicht einsehbaren Hinterhofgarten. Leider kamen die Familienmitglieder zweimal erst nach Einbruch der Dunkelheit zu Hause an, was jedes Mal eine fehlende und eine völlig verängstigte Laufente zur Folge hatte. Nachtaktive Räuber hatten ihre Chance erfolgreich genutzt. Obwohl, oder gerade weil die gesamte Familie zu großen Laufentenfans geworden war, erkannte sie ihre Verantwortung: Wer bei Einbruch der Dunkelheit Geflügel nicht einsperren kann, sollte auch keines halten.

Wir gruben die von einem Tischler gezimmerte Pfahlhütte aus und bei uns wieder ein. Mein Mann baute noch eine Rampe, da unser Garten nicht die gleiche Hanglage wie der in Itzehoe zu bieten hatte. Ihren frischen Anstrich bestreute ich mit Sand. Er klebte beim Trocknen an und sorgte für den sicheren Auf- und Abstieg der Enten ohne Rutschpartie. Bei einer Vereisung im Winter würden zusätzlich alte Handtücher für den nötigen Schutz vor Ausrutschern sorgen können.

Die Rampe endete auf dem Rasen. Öffnete man die Tür der kleinen Hütte, war der Weg in den Garten für die Laufis frei; war sie geschlossen, klaffte eine Lücke zwischen dem Nacht- quartier für das Entenpaar und der Rampe. Nur ein Tier, das den Riegel freischwebend öffnen könnte, wäre in der Lage sich Zugang zu den schlafenden Enten zu verschaffen. So eine rich- tige „Trutzburg" mit Zugbrücke machte dies nun mit allergröß- ter Wahrscheinlichkeit für immer unmöglich.

Noch am gleichen Abend setzten wir die herangewachsenen Küken dort hinein und von nun an folgten sie artig unserem Winken in die raubtiersichere Unterkunft.

Eine kleine Bullerbü-Idylle hatte sich wieder eingestellt und mir sehr geholfen, die letzte Bestrahlungswoche zu überstehen. Für mich ersetzte sie auch eine Kur, die mir zugestanden hät- te. Stattdessen nahm ich mir unseren Liegestuhl und überließ meinen Platz anderen Frauen, die sich keine solche Oase vor der Haustür erschaffen konnten. Wenn zwischendurch eine Ruhepause für mich notwendig wurde, beobachtete ich meine heranwachsenden Enten. Unser kleiner Gelber, dessen Gefie- der allmählich immer heller wurde, ging mit Äffchen oft an mir vorbei, um bald darauf in meiner Nähe ein kleines Schläfchen zu machen. Manchmal glaubte ich seinen Rat zu hören: *„Mach* *es doch wie ich: Ein wenig langsamer. Das ist besser. Auch für dich. Warum schreibst du unsere Geschichte nicht mal auf?"*

Darin spiegelten sich meine Gedanken, die mir an der frischen Luft im Garten kamen. Welcher Kranke kann nicht am besten in einer naturgeprägten Umgebung wieder zu Kräften kommen? Das aber zu verstehen und zu akzeptieren, gelingt offenbar vielen Menschen erst in ihrer Notlage. Hätte jeder von uns auf diesem Planeten seinen grünen „Auslauf" und seine ganz persönliche Ente – die selbstverständlich nicht unbedingt eine sein müsste – ginge es unserer Welt und ihren Bewohnern bestimmt besser. Stattdessen sägt der Mensch auch ganz individuell an dem Ast, auf dem er sitzt. Die mit Plastikfolie ausgelegten und toten Schottersteinen aufgefüllten „Gärten des Grauens" sind das beste Beispiel für die private, vorsätzliche Naturzerstörung. Dort wird an heißen Sommertagen sogar das Insekt gegrillt, das mit den importierten Steinen aus China oder sonst woher als blinder Passagier mitreiste. Sofern es nicht als unausrottbarer Schädling in artfremder Umgebung bereits eine andere Bleibe gefunden hat.

Nur die Pharmaindustrie wird sich bei weiterer Verbreitung dieser naturzerstörenden Maßnahmen bestimmt auch längerfristig an dem guten Umsatz von Antidepressiva freuen können.

13. …und dann ging Äffchen

Erste Emanzipationsversuche
(Foto: Katja Baum)

Fieps war zu einem recht hässlichen, altweiß-gelblichen Erpel herangewachsen. Äffchen zu einer vergleichsweise zierlichen Ente. Sie war ständig auf Achse, aber kaum im Teich.

Nicht nur ihr dunkles Gefieder nach dem Vorbild der wilden Stockenten bildete ein Kontrast zu dem ruhigen, eher langsamen Fieps. Ein „wieht-wieht-wieht" haben wir nie von ihr gehört. Äffchens Verhalten konnte man durchaus als hyperaktiv beschreiben.

Obwohl ich die enge emotionale Bindung wie zu Klops und Krümel dieses Mal vermeiden wollte, nahm Fieps dennoch von Anfang an eine kleine Sonderstellung in meinem Denken und Fühlen ein. Durch die Handaufzucht und vielleicht auch charakterlich bedingt, fehlte ihm jegliche Aggression. Das Leben mit ihm war von Anfang an absolut friedlich und entspannt. Rollläden à la Fuchsberger zu bekämpfen war unserem sanftmütigen Erpel dementsprechend völlig fremd. In Augenhöhe nahm er Futterkörner aus der Hand. Bis heute hat es nie auch nur den Versuch eines Gesichtshackers gegeben. Brav saß er oft schon in der Hütte, wenn es dunkel wurde, während seine Partnerin manchmal noch eine kleine Extraeinladung benötigte. Warm und sicher beschützt überstand unser gegensätzliches Pärchen seinen ersten Winter. Bei ungemütlichen Temperaturen zeigte sich sogar Äffchen bereitwillig, das schützende Häuschen frühzeitig aufzusuchen.

Als der Frühling kam, vernahmen wir einen neuen, nie zuvor gehörten Entenlaut. Und schon bald war uns klar, was ihr „nag-nag-nag" in unterschiedlichen Höhen und Tiefen, gequakt in einem längeren Monolog, zu bedeuten hatte. Es stand für: „Ich gehe jetzt. Wo ist ein Weg? Ich werde ihn finden!" Ihr Singsang ging immer einer mit einem auffälligen Hin- und Herwatscheln am Zaun. Im Unterschied zu Krümel und Klops ließ sich Äffchen nicht so einfach greifen und war obendrein unglaublich schnell, obwohl sie laufpententypisch nicht fliegen konnte oder wollte. Man hätte sie mit einem Babyphone ausstatten und stets verjagen müssen, wenn das typische *„nag-nag-nag"* erklang. Um ihr dann, wie mein allmählich sehr genervter Mann zu sagen pflegte, „den Hintern zu versohlen".

Wie sie die Zäune überwand blieb uns letztendlich ein Rätsel, denn wir waren entweder nicht zur Stelle oder vertrieben sie bei den ersten verdächtigen Lauten vom jeweiligen Standort. Wir glaubten aber schon recht sicher zu wissen, dass ihr Name seine Berechtigung behalten hatte.

In den allermeisten Fällen fanden wir sie direkt in Nachbars Garten wieder. Dort herrschte mehr Ordnung als in meinen Kraut-und-Rüben-Beeten. Eigentlich nicht die Attraktion für Watschler, die Abwechslung suchen. Vielleicht aber fand sie ihre Solostellung im dortigen Garten besonders schön und genoss es, die stets saubere Pflasterung ganz alleine markieren zu können. Fieps stand nämlich in der Regel hilflos schnarrend an unserer Zaunseite. Nur vereinzelt besann er sich seiner Flügel, um sie auszuklappen und sich dann an den grünen Maschen hochzuhangeln. Manchmal blieb er dabei auch jämmerlich am Zaun hängen, stieg wieder herab oder wartete auf unsere Hilfe. Gelang ihm der Grenzgang, war es das doppelte Fiasko für unsere Nachbarn. Die gepflegten Pflastersteine zeigten schnell die Hinterlassenschaften der beiden Flüchtigen.

Es ist schon aufgrund geringerer Kleinigkeiten Streit zwischen Bewohnern diesseits und jenseits eines Gartenzauns ausgebrochen. Wir verstanden das bereits deutlich ausgesprochene, fehlende Amüsement über die Entenbesuche sehr gut und zerbrachen uns die Köpfe über eine Lösung. Höhere Zäune hatten wir schon gespannt. Sie erschwerten aber nur dem verzweifelten Fieps vollends den Weg. Da wir aber nicht auf Äffchen achten konnten wie die Schießhunde, nutzten sie wenig. Eine Überwachung mit einer Webcam haben wir dennoch nie ernsthaft in Betracht gezogen – die hyperaktive Ente hätte sie wahrscheinlich sowieso aus der Verankerung gerissen.....

So vergingen ein paar Wochen mit unterschiedlichen Bemühungen und Strategien in leicht angespannter Atmosphäre.

Bei einem zufälligen Treffen mit einer neuen Dorfbewohnerin besprach ich diese Geschehnisse und unsere Ratlosigkeit. Sie hatte ein paar Jahre zuvor Laufenten als Urlaubsgäste aufgenommen und war dem Charme der witzigen Watschler verfallen. Mittlerweile war ihre Schar von ursprünglich je zwei Enten und Erpeln größer geworden. Kükenkinder und Kindeskükenkinder waren hinzugekommen und lebten ohne Platzprobleme mit den älteren Tieren auf einer großen Weide. Sie gehörte zum Hof, der auch eine nächtliche Unterkunft im alten Stallgebäude bot.

Aktuell, so erzählte die Dorfbewohnerin, waren einige der frischgeschlüpften Küken einer Ente von der anderen ohne großes Federlesen auf direktem Weg ins Jenseits befördert worden.

Das ist nicht selten, denn einige frischgebackene Laufentenmütter sehen im fremden Nachwuchs eine Konkurrenz und vernichten sie zum Schutz ihrer Brut. Bei diesem Verhalten handelt es sich um einen bekannten Atavismus*, der bei Nachfahren von Raubsauriern gelegentlich auftritt.

Eine räumliche Trennung gestaltete sich schwierig. Die Bewohner des Resthofs konnten die Enten nicht permanent in

* *Das Wiederauftreten von Merkmalen oder Verhaltensweisen, die einst vorhanden waren, aber den vorhergehenden Generationen fehlten.*

verschiedenen Ställen sicher wegsperren.

Nachdem wir uns verabschiedet hatten, reifte in mir langsam ein Gedanke: Eine kleine Kletterkünstlerin hätte dort noch mehr Platz als bei uns und wäre in einer großen Herde, die sie wahrscheinlich doch eher an Ort und Stelle halten würde. Im Gegenzug würde sich die andere, von ihren starken Mutterinstinkten geleitete Ente, bei uns mangels Konkurrenz friedlich verhalten.

In Anbetracht der drohenden Nachbarschaftskrise griff ich zum Telefonhörer und stieß am anderen Ende der Leitung auf große Zustimmung. Sofort trieben wir Äffchen in die Hütte und nahmen sie von dort in unsere Obhut. Sicherheitshalber fuhren wir sogar mit dem Auto die wenigen Meter hoch ins Dorf. Die hyperaktive Highspeed-Watschlerin sollte uns auf gar keinen Fall entkommen können.

Bei der Herde angelangt, tauschten wir unser Äffchen gegen eine namenlos gebliebene, etwa zwei bis drei Jahre alte Ente ein. Eigentlich eine mehrfache Mörderin, fuhr es mir durch den Kopf. Im Tierreich wird nicht selten ein Überlebenskampf praktiziert, den die menschliche Rasse durch zusätzliche Waffen in Krisen und Kriegen leider unbestreitbar um ein Vielfaches zu potenzieren gelernt hat.

Unser Abschiedsschmerz von Äffchen hielt sich in Grenzen. Die nun zu erwartende Erleichterung im Umgang mit dem älteren Ehepaar von nebenan war uns in diesem Falle wichtiger.

– Übrigens lebte unsere Kletterkünstlerin in der kleinen Entenherde nur bis zum Frühsommer 2018. Dann ging sie – nicht, wie von ihren Menschen gewollt, in den nächtlichen Stall, sondern über den Umweg eines Raubtiermagens direkt in den Entenhimmel. –

Zuhause angekommen zeigte Fieps der hellgefiederten, bildhübschen Ente sofort nach ihrer Befreiung aus dem Pappkarton, wo ein Erpel seine Locke hat. Anschließend trottete er zur Sightseeing-Tour im neuen Umfeld mit ihr los. Die beiden wirkten dabei recht entspannt und auch das spätere Einmarschieren auf der ungewohnten Rampe in das sichere Nachtlager schien kein großes Problem zu sein.

Erleichtert öffnete mein Mann am nächsten Morgen die Tür, die die Hütte mit der Rampe verband. Unsere Neue ging den fremden, steilen Weg vorsichtig abwärts. Unten angekommen stand sie sekundenlang auf dem Pflaster und schien sich zu orientieren.

Wir waren uns sicher, ihre Empfindungen förmlich zu sehen: *„Hier stimmt was nicht, die Umgebung ist die Falsche!"* Und dann wurde in Sekundenschnelle und aller Deutlichkeit klar, dass sie nie ein Lehrbuch oder gar einen der Internetbeiträge über Laufenten gelesen hatte, denn der Countdown lief sofort an: Zero – Zündung – Start – Flügel ausklappen und: Weg hier! Mit kräftigem Flügelschlag stieg sie schräg nach oben auf, höher und immer weiter, bis sie schließlich über dem benachbarten zweigeschossigen Kuhstall in mindestens zwölf Meter Höhe aus unserem Blickfeld verschwand.

Wie Fieps aus der Hütte kam, sahen weder mein Mann noch ich hinter dem Fenster. Völlig verdattert von diesem beeindruckenden Schauspiel der rekordverdächtigen Flugleistung einer LAUFente standen wir in sekundenlanger Schockstarre.

Unmittelbar danach ging ich mit unserem Vierbeiner auf die Suche. Bei einer Frau aus der Nachbarschaft war die Ente zu Besuch gewesen, aber erneut mit Hilfe ihrer Flügel durchgestartet. Die meisten Feldwege und Straßen gingen mein treuer

Begleiter und ich damals entlang, ohne auch nur eine Feder von ihr zu finden. In ihrer alten, 500 Meter entfernten Heimat war die fliegende Laufente leider nicht aufgetaucht.

Am späten Nachmittag musste mein Mann bei den ihm schon so gut bekannten Kleinanzeigen eine neue Suche beginnen. Fieps „schrie" schon unablässig nach seiner Gesellschafterin. Es war nur eine Frage der Zeit, bis er sich irgendwie auch selbst auf die Suche machen oder aber resigniert dahinvegetieren würde. Handlungsbedarf bestand also mit Alarmstufe rot. So schnell wie möglich musste in unmittelbarer Nähe ein passendes Tier gefunden werden. Nicht einfach. Es war uns klar, dass wir nicht die Qual der Wahl haben würden.

Wie wir schon zuvor erfahren hatten, war die Stallpflicht im Jahr 2005 folgenreich für die Laufentenrasse. Der fehlende Platz und natürlich der allgemein übliche Wassermangel im Stall hatten viele Liebhaber zum Auflösen ihrer Herden bewogen. Erneut bedauerte ich, die Adresse der Laufentenhalterin, bei der wir Keks geholt hatten, nicht aufbewahrt zu haben. An einen Stall für ihre Laufis erinnerte ich mich nicht; wohl aber an die Alleinlage des gemütlichen Häuschens. Wahrscheinlich hatte sie die Möglichkeit genutzt, sich an ihren eigenen, sinnvollen Regeln zu orientieren.

Aber auch dieses Mal war auf meinen Mann Verlass. Aufgrund seiner notleidenden Frau konnte er wahrscheinlich schon Laufenten im Umkreis von 30 km riechen.

Allerdings waren wir beim Anblick dieser relativ dicken Ente sehr überrascht. Sie war keine reinrassige, sondern ein Mischling zwischen Laufente und einer Fleischrasse aus der Familie der Moschusenten. Wir dachten damals nicht darüber nach, sondern nahmen es einfach so hin.

Auch Fieps war das offensichtlich egal. Nach unserer Ankunft am Abend überzeugte er auch die naturbraune, dunkelgefiederte Kompromissente bei ihrem Ausstieg aus der Pappkiste sofort von seiner Männlichkeit.

Bald darauf gingen beide friedlich aufwärts zur Nachtruhe und wir atmeten erleichtert auf.

14. Ein Bambi ist auch keine Lösung

Obwohl es hier nicht so aussieht – die Ente hat einen langen Hals

Am nächsten Morgen wälzte sich die vergleichsweise adipöse Ente hinter Fieps den Weg abwärts aus der Hütte. Ihr Kopf drehte sich auf einem typisch langen Laufentenhals suchend und neugierig über das unbekannte Entenland. Brav lief sie hinter dem Erpel her. Ihr vorsichtiges, sehr stilles und scheues Wesen erinnerte an ein junges Reh und dementsprechend lautete meine unabänderliche Namensgebung: Mit einem entsetzt-erstaunten Kopfschütteln musste sich mein Mann damit abfinden, dass diese weder kleine noch zierliche Ente von mir nun ständig „Bambi" genannt wurde.

Die Leute, bei denen wir sie geholt hatten, waren stolz auf ihre besondere Zucht aus einer beleibten Hausente, wie beispielsweise der Warzenente und der langhalsigen Laufente. Deren aufrechter Gang ist einem dominanten Gen geschuldet, d.h. er bleibt bei allen Kreuzungen erhalten. Der menschliche Eingriff hat aber zur Folge, dass solche Mischlinge steril bleiben. Vergleichbar mit einem Maulesel oder -tier können Laufenten, die mit Stockenten verwandt sind, mit Angehörigen aus der Moschusentenfamilie keine fruchtbaren Nachkommen erzeugen. Davon wusste ich damals aber noch nichts.

Wie in der Hühnerzucht, in der die Zwiehuhnrassen immer eine große Rolle gespielt haben, sollen mit dieser Entenzüchtung die Legeleistung, aber auch die Möglichkeit als guter Fleischlieferant zu dienen, gewährleistet sein.

Laufenten sind eher mager und entgehen aufgrund dieser Tatsache meistens dem Aufwand des Auseinandernehmens. Ihre Leichtfüßigkeit garantiert, dass Blumen- und Gemüsebeete ohne sichtbare Spuren – außer denen der natürlichen Düngung – betreten werden. Cosmeen, Jungfer im Grünen, Ringelblumen und viele andere keimen in meinem Garten

Jahr für Jahr unbeschadet von Winterfrösten und Entenfüßen und entwickeln sich zu Futter für Bienen und „Plüschmors" (plattdeutsch „Plüschhintern" = Hummel). Außer für die zarten, jungen Blätter von Salaten, Spinat, Mangold & Co. interessiert sich kein Entenschnabel für die anderen Gewächse des Gartens. Niemals kamen neueingesetzte, gröbere Pflanzen, wie beispielsweise Puffbohnen, zu Schaden, obwohl die frisch angegossenen Pflänzchen eine begeistert angenommene, neue Attraktion für all unsere Enten darstellten. Dann wird gewühlt und gegründelt was das Zeug hält und irgendwann erhebt sich der einst helle Schnabel nach gründlichem Tiefbuddeln schwarz und erdverkrustet aus dem Schlamm. Dabei gehen Erpel und Ente meistens um die Pflanzen herum, aber selbst nach dem Betreten richtet sich der grüne Spross schnell wieder auf. Sofern es nicht zu viele sind, verursachen die Schwimmfüße keinen Schaden, wenn man weichblättrige Gemüsesorten wie Salat und Mangold vor ihnen schützt. Dazu reicht eine niedrige Umfriedung. Bei all unseren Enten sogar nur Holzsteckzaunelemente. Dennoch verschwinden die Schnecken vom Salat oder tauchen dort gar nicht erst auf.

In Bezug auf Bambi war ich auf diese Unschädlichkeit aufgrund ihres erhöhten Körpergewichtes schon etwas skeptisch. Zunächst konnte ich aber keine negativen Veränderungen feststellen. Im Nachhinein kamen mir schon manchmal Zweifel. Auf jeden Fall setzte sie mehr Kot ab als eine reinrassige Laufente in Sektflaschenform. Bei ihrer Begeisterung für unseren Teich hatte das natürlich auch Folgen für die Wasserqualität.

Sicher, ihre rundliche Gestalt brachte die notwendigen Kilos auf die Waage, die die Liebhaber der von Kiel und Federn befreiten Braten so schätzen. Daran waren wir aber gar nicht interessiert. Besonders hübsch anzusehen war die Ente auch nicht. Ihre Gangart erinnerte an einen Elefanten auf Stelzen – nicht mit der uns bekannten Leichtfüßigkeit, sondern eher unharmonisch gequält, lief sie hinter Fieps her. Die für Laufenten typischen langen Beine hatten schwer zu tragen. Ständig bewegte sich ihr Oberkörper beim Laufen schwankend wie der eines alkoholisierten Menschen hin und her.

Reihte sie sich möglicherweise in die unsäglichen Versuche und Patente für Qualzüchtungen diverser Tiere mit ein?

Viele Zierfische werden so sehr auf Schönheit und bunte Farben gezüchtet, dass sie kaum leben können. Ihre stummen Schreie wird keiner hören.

Mops-Hunden sieht man die extra flach gezüchtete Schnauze sofort an. Sie sorgt für eine schlechte Atmung. Je älter diese Vierbeiner werden, umso mehr müssen sie sich quälen.

Überall gibt es solche „Bambis", die aber in Wirklichkeit keine zufriedenstellende Lösungen von Problemen darstellen, weil sie gleichzeitig neue von ganz anderer Art erschaffen. Karpfen ohne Zwischenmuskelgräten zu züchten, hat man dementsprechend aufgegeben, weil sie gar nicht schmeckten.

Tiere sind keine Ware. Aber nur an wenigen Orten dieser Erde werden sie respektvoll behandelt oder genießen darüber hinaus ein hohes Ansehen. Vielerorts gelten allerdings noch nicht einmal deutsche Maßstäbe. Sogar in einigen europäischen Ländern sind Hunde und andere Tiere Wegwerfware, auf die die Tötungsstation wartet, wenn sie lästig oder alt werden.

In Deutschland unterscheidet man gerne Kuschel- und Nutztiere. Letztere haben, sobald sie den wirtschaftlichen Gewinn ihrer Halter sichern müssen, oft nicht die Chance auf ein artgerechtes Leben. Die „Ware" Tier muss laut Gesetz Etiketten in den Ohren tragen. Einigen Rindern, sogenannten Fistel-Kühen, schraubt man für wissenschaftliche Zwecke Drehverschlüsse in die Flanken, um jederzeit Zugriff zu ihrem Pansen zu haben. Ihre Hörner stören viele Menschen und machen eine enge Aufstallung unmöglich, also entfernt man sie. Der „Ware" Rind billigt man die natürlich gewachsene Möglichkeit zur Körpersprache und -pflege nicht zu. Eventuell zusätzlich auftretende Stresshormone fallen bei Intensivhaltung auch kaum ins Gewicht.

Die wenig artgerechte „Aufbewahrung" wehrloser Kreaturen stellen oft genug schon alleine ihre Haltungsbedingungen dar. Der Wunsch der Konsumenten nach billigen Nahrungsmitteln erfordert ein entsprechendes Handeln in der Landwirtschaft, die sich dabei in einem immer stärker werdenden Ausmaß zu einer Agrarindustrie entwickeln muss.

Genauso wie unser Entenmischling, deren Namen mein Mann simplifizierend in „Dicke" verwandelt hatte, werden Tiere zu Produktionsmaschinen gezüchtet.

Unsere „Zwiehuhnente", im Fachjargon „Mularde" genannt, zeigte die negativen Resultate ihrer Zucht mit vergleichsweise harmlosen Folgen der Sterilität und gequälter Gangart. Dabei blieb es aber nicht. Entsprechend ihres Stammbaums sehr viel besser als die meisten reinrassigen Laufis mit dem Fliegen vertraut, verlieh sie im Frühjahr 2015 ihren Gefühlen Schwingen. Nun sahen wir uns zurückversetzt in Äffchens´ Zeiten: Mit dem uns vertrauten „*nag-nag-nag*"-Laut stand sie am Zaun. Bei etwa zweimal so viel Masse wie Fieps´ Ex-Frau erinnerte lediglich ein ähnlich dunkles Gefieder an die hyperaktive Ente. Im Unterschied zu unserer Kletterkünstlerin gelang Bambi der Weg in Nachbars Garten dank ihrer muskulösen Flügel, die ihre Verwandtschaft mit der Moschusente erkennen ließen. Der zurückgelassene Fieps war ihr in dieser Situation egal.

Es war schon ein kleines Kunststück, sie wieder in den gegenüberliegenden Garten zu verfrachten. Meistens konnte ich sie in die Enge treiben und greifen. Einen Flugversuch unternahm Bambi in dieser Situation nie. Wahrscheinlich war es ein zu hoher Anspruch an die Intelligenz dieser Ente zu begreifen, dass ein Zaun auf beiden Seiten gleich hoch ist.

Fliegen ist eine Kunst, die unser Erpel nie beherrschte. Fieps kletterte ihr deshalb ungelenk nach, während er seine Flügel ausbreitete und blieb, wie schon erwähnt, in der Regel irgendwo und irgendwie hängen. Dabei bot er oft ein Bild des Jammers und der Verzweiflung, aus dem wir ihn Gott sei Dank immer rechtzeitig befreien konnten. Selten gelang ihm die Verfolgung. Meist stand er aufgeregt, seine männlichen Laute schnarrend, ratlos auf der anderen Seite des Zauns.

Das geschah allerdings auch umgekehrt, denn unser Grundstück bot noch immer die Möglichkeit einer Zweiteilung. Die Fläche, auf der Krümel und Klops einst ihr anfangs eingeschränktes Leben verbringen mussten, war mit dem 1,20 Meter hohen Zaun als separates Gehege nutzbar. Durchgang bot ausschließlich ein gewöhnliches, grünes Gartentor mit Stahlrohrrahmen. Genau diesen Zugang zur anderen Seite zielsicher zu orten, war offenbar nicht für jedes Laufentenhirn möglich. Bambi hatte damit große Schwierigkeiten. Der Zaun, dicht bewachsen mit immergrünem Geißblatt und Sträuchern, erschien ihr aus uns nicht bekannten Gründen ungeeignet, um mit Hilfe ihrer Flügel überwunden zu werden. Gelegentlich verlor sie aufgrund ihres erhöhten Nahrungsbedarfs den Anschluss. Während sie noch fraß, befand sich ihre Gesellschaft schon auf der anderen Zaunseite oder sie hatte sich geistesabwesend selbst entfernt. Alleine war sie außerstande, den Weg zurückzufinden. So stand Bambi immer wieder quakend auf der einen Seite und schrie nach ihrer Begleitung, die sie nicht zu erreichen in der Lage war.

Fieps war nicht nur Kavalier, sondern ganz offensichtlich mit einigen Intelligenzpunkten zusätzlich gesegnet. Er flitzte sofort zielstrebig zu seiner Schutzbefohlenen, um sie sicher durch das Tor zu führen und mit ihr wieder auf gemeinsamen Wegen zu wandeln.

Der treusorgende Fieps errettete Bambi so aus ihrer Ausweglosigkeit, die sie sichtbar und auch hörbar verzweifeln ließ.

Angesichts ihrer Situation wurde mir jedes Mal der tierquälerische Aspekt der Geschäftsidee „Rent-an-Ent" vor Augen geführt. In den letzten Jahren ist sie, wie Laufenten im Allgemeinen, nicht mehr sehr populär. Aber noch immer vermieten findige Laufentenhalter ihre Tiere paarweise auf Zeit. Im Internet werden die kostenpflichtigen Dienste der Schleimschlucker für fremde Gärten angeboten. Dort sollen die Langhälse für Schneckenfreiheit sorgen. Dann werden sie wieder zurückgegeben, um bei erneuter Anfrage bald wieder in anderen Gefilden auf die Jagd gehen zu müssen. Dass dies für Stress sorgt, steht außer Frage. Keine Ente muss so dusselig sein wie die sichtlich überforderte Bambi, um unter einem ständigen Ortswechsel zu leiden. Ganz zu schweigen von dem Nutzen. Nach ein paar Wochen haben die tierischen Jäger vielleicht die meisten Schnecken innerhalb eines bestimmten Areals vernichtet, aber je nach Wettereinfluss werden die Armeen der Kriechtiere nach einiger Zeit wieder eingewandert sein.

Der Mensch, der glaubte, eine Problemlösung gefunden zu haben, hat sinnlos investiert und Lebewesen damit in unangenehme Stresssituationen gebracht.

So ein „Bambi" ist auch im übertragenen Sinn in den seltensten Fällen eine Lösung.

Auch nicht für uns, wie sich etwa neun Monate nach Bambis Einzug unzweifelhaft feststellen ließ: Die mittlerweile geschulten Augen unserer Nachbarn, die von Äffchen schon zu oft heimgesucht und malträtiert worden waren, entdeckten schnell die neue Besucherin. Zwar hatte unser Nachbar nichts dagegen, wenn ich auch diese Ente verwöhnen würde – der ältere Herr und seine Frau aber wollten sie lieber nur aus der Ferne beobachten. Stattdessen waren die beiden erneut gezwungen, sich weiche Hinterlassenschaften in aller Deutlichkeit anzusehen. Hinzu kam, dass Bambi, wie bereits erwähnt, auch über größere Kapazitäten bei ihrer Entleerung verfügte. Oft, aber leider nicht immer, konnte ich ihre Spuren vollständig entfernen, bevor unser Nachbar es selbst in Angriff nahm.

Zugegebenermaßen stellen die schmierigen Flecken auf gepflasterten Gartenwegen nicht nur eine kurzzeitige Rutschgefahr dar, sondern bieten auch einen unbestreitbar unschönen Anblick. Sonneneinstrahlung verlängert die Haltbarkeit und kann einige Flecken zumindest schwach konservieren.

Ärger und Streit mit unseren, ansonsten sehr umgänglichen und bei uns beliebten Nachbarn wollten wir auch jetzt nicht riskieren.

In der näheren Umgebung war die Laufente der Wirtin einer Privatpension vom Hund ihres Gastes totgebissen worden. Ein einsamer Erpel schrie nun verzweifelt nach Gesellschaft. Wir kannten die Lösung seines Problems: Es hatte von mir den Namen „Bambi" erhalten.

15. Annegret ist ein schwieriges Kapitel

Auch eine Ente kann anklopfen!

Die Abgabe einer weiblichen Laufente stellte für uns überhaupt kein Problem dar, denn die ganze Zeit hatte unsere Hütte ein Trio beherbergt.

Die vor fast einem Jahr mit Äffchen getauschte Ente war nach eineinhalb Tagen Abwesenheit vor unserem Gartentor eingetroffen und verlangte Einlass. Den gewährten wir ihr gerne, froh und erleichtert darüber, dass die kleine Rumtreiberin wieder bei uns war.

Ihre Rückkehr erstaunte uns kaum weniger als ihr Höhenflug. Trotz der intensiven Suche und den Sichtmeldungen zweier Dorfbewohner war die Ente nach ihrem rekordverdächtigen Abflug unauffindbar geblieben und hatte eine Nacht ohne sicheres Quartier überlebt.

Langsam und leise quakend watschelte sie am Abend des folgenden Tages an unserer Weißdornhecke entlang. Fieps´ aufgeregtes Schnarren, das mich auf die Ausreißerin aufmerksam werden ließ, war sicher auch für die Ente zu hören. Offensichtlich erschöpft, konnte sie die Hecke nicht fliegend überqueren und suchte einen Eingang.

Ebenso erfreut wie erstaunt, trieb ich sie durch das Tor.

Ihre flugtechnischen und überlebensstrategischen Anstrengungen müssen sehr kräftezehrend gewesen sein. Zunächst stillte sie einen unübersehbar großen Hunger und Durst. Anschließend füllte sie durch die nächtliche Ruhe im sicheren Entenhaus ihre Kraftreserven wieder auf.

Hocherhobenen Hauptes schritt sie am nächsten Morgen die Rampe hinab. Wir hielten kurz den Atem an, aber es geschah nichts. Und bis heute ist das so geblieben: Diese Ente ist nie wieder geflogen.

An jenem zweiten Tag in unserem Garten inspizierten wir den

Neuling erstmals gründlich. Eine bildhübsche Laufente stand vor uns. Sie war hellbraun, nach dem Vorbild wilder Enten an Rücken, Flügel und Hals gezeichnet, während der Bauch, der farblich an Fieps´ teilweise hellgelbe Gefiederfarbe erinnerte, gleichmäßig gefärbt war. Mit einer tiefblauen, samtigen Färbung an den äußeren Schwingen stand die tollkühne Fliegerin vor uns. Sie war weder übertrieben scheu noch außergewöhnlich zutraulich. Ihr Po entsprach vielleicht nicht ganz dem Ideal einer Laufentenfigur. Dessen war sie sich zwar bestimmt nicht bewusst, aber vom allerersten Tag an wendete sie uns dieses, etwas stärker ausgeprägte Körperteil am häufigsten zu. So sahen wir sie meist nur von hinten, oft die Pofedern schwingend und mit stets schnellen Schritten durch den Garten laufend. Zu Beginn ihres Einzugs schimpfte sie des Öfteren laut und heftig quakend.

Diese Tatsachen führten zu ihrer Namensgebung: Annegret sollte sie heißen. Unser 14-jähriger Sohn, Lichtjahre vom Zenit der mathematischen Genialität entfernt, fühlte sich durch bestimmte Körpermerkmale der Ente und ihre Stimmgewalt stark an seine Lehrerin in dem verhassten Fach erinnert. Deshalb bestand er auf dem gemeinsamen Vornamen der beiden.

Im Fieps-Bambi-Annegret-Trio gab sie den Ton an. Kam ihr etwas in den Sinn, überließ sie die beiden anderen sich selbst und machte sich auf den Weg. Beide Enten folgten oder Bambi legte ihre Fresspause ein, sodass nur Fieps und Annegret einander Gesellschaft leisteten.

Die einstige Laufenten-Langstreckenfliegerin agierte bei Weitem nicht so schusselig-dusselig wie ihre Geschlechtsgenossin. Auch Fieps hatte nicht wirklich was zu melden. Meist ging Annegret gründelnd, mit entsprechend gebeugtem Hals, vorneweg. Den Rasen vertikutierte sie nebenbei, denn die Suche nach Insekten und Weichtieren erforderte das Lockern der Erdkruste mit dem Schnabel.

Der Teich gehörte nicht zu ihrem Hauptinteressensgebiet – sie war eine LAUFente par excellence. Weniger hektisch als Äffchen, aber in einem gleichmäßig flotten Tempo legte sie pro Tag einige Kilometer in unserem Garten zurück. Wann immer wir sie sahen, wurde uns klar, warum die Engländer die Bezeichnung „Indian Runner Ducks" – und nicht etwa „Walker Ducks" – für diese Rasse gewählt hatten.

Nachdem Bambi unseren Garten wegen schlechten Benehmens verlassen musste, verblieb sie weiterhin in Führungsposition. Fieps folgte ihr – nie konnten wir den umgekehrten Fall beobachten. Manchmal schlief oder stand er auch nur in ihrer Nähe, während sie agierte. Oft rannte er ihr dann aufgeregt schnarrend hinterher, weil er ihr Loslaufen nicht rechtzeitig bemerkt hatte. So kam er pflichtschuldig seiner Aufgabe als Erpel nach, seine Ente zu bewachen. Allerdings war sie daran einfach nicht interessiert.

In ihrem zweiten Sommer bei uns begann sie, zwei Eier mit der dazu nötigen Ruhe auszubrüten. Die anderen hatten wir ihr weggenommen. Nach etwa sieben Eiablagen folgte sie ihrem Mutterinstinkt, obwohl jetzt noch höchstens zwei Nachkommen zu erwarten waren.

Wenn sie nicht vorher die Lust verliert, sitzt eine Laufente vier Wochen auf ihren Eiern. Diese Tätigkeit ist fast wörtlich zu verstehen. Auch unsere stets umtriebige Annegret verfolgte ihre Bestimmung mit der größten Sorgfalt und verfiel in die stumpfe Bewegungslosigkeit. Morgens verließ sie nur kurz gemeinsam mit Fieps zum Lüften, Schwimmen, Fressen und Trinken die Hütte. Schnell und routiniert erledigte sie ihr Programm und setzte sich wieder auf ihre Eier mit den vermuteten Insassen. Wie bei einer Kunstbrut sind diese Pausen notwendig. Eine Überhitzung muss vermieden werden, weil sie zum Tod der Küken führt.

Beeindruckt von ihrer Umsichtigkeit registrierten wir die ganz andere Lebensweise, der unsere Mama in spe nun zur Sicherung ihrer Nachkommen akribisch genau folgte. Fast den ganzen Tag blieb sie in der Hütte, um abends noch einmal gründlich abzuschietern und sich kurz mit Wasser und Nahrung zu versorgen. Manchmal erschien sie uns regelrecht erschöpft und wir meinten schon, ihre nicht vorhandenen Augenringe sehen zu können.

Intakte Mama-Motoren laufen auch dann noch für ihre Küken und Kinder, wenn sie für sich selbst keine Energie mehr haben. Das ist nicht nur in der Entenwelt der Fall. –

War es etwas wärmer als sonst, stieg sie, vom inneren Thermometer gesteuert, die Rampe hinunter und ging ihren Bedürfnissen immer in der Nähe der Hütte nach. Sobald wir uns vorsichtig dem Eingang näherten, eilte sie mit Drohgebärden, vorgestrecktem Hals und ausgebreiteten Flügeln fauchend herbei. Einen Blick auf die Eier erhaschten wir dennoch und wunderten uns über den weitgehend unbefleckten Zustand. Wie schaffte es die brütende Ente bloß, ihre Verdauung so zu regeln, dass sie nun alles vor der Hütte erledigen konnte? Vor dem Brutbeginn hatte sie in völlig gleichgültiger Lebensweise alle Eier mit ihren Verdauungsresten übersät. Deshalb entfernten wir sie immer möglichst schnell. Trotzdem wurde in der Regel ein Waschgang notwendig, bevor unser Kühlschrank für Enteneier geöffnet wurde.

28 Tage lang verrichtete Annegret ihren Job zuverlässig wie ein Schweizer Uhrwerk und als ich am Morgen des 8. Juni 2015 die Klappe zum Entenhaus öffnete, hörte ich ein zartes Piepsen. Zwei zerbrochene Eierschalen lagen vor der aufgeplusterten Ente, die bei meinem Anblick eine sehr kämpferische Position einnahm. Zu sehen war sonst nichts. Dieses Mal verließ aber nur Fieps das Nachtquartier. Wie auch schon in den letzten Tagen legte er sich nach kurzen Touren meist schlafend in die Nähe der frischgebackenen Mama, die ihre Küken, genau wie zuvor schon die Eier, unter ihr Gefieder genommen hatte.

Zu unserem Entsetzen und Erstaunen verfiel Fieps, der eigentlich so fürsorgliche Erpel, in die schlechten Gewohnheiten eines Rüpel-Papas. Dass er seinen eigenen Nachwuchs angreifen würde, hätten wir nie für möglich gehalten. Der morgendliche Geräuschpegel im geschlossenen Häuschen ließ nur den Schluss auf eine heftige Auseinandersetzung der beiden Elternteile nach der ersten gemeinsamen Nacht mit dem Nachwuchs zu. Als wir die Tür öffneten, stand Annegret mit ausgebreiteten Flügeln fauchend vor Fieps. Die Minipiepser hatte sie gut geschützt hinter sich versteckt. Umgehend brachten wir Annegret und ihre Küken im alten Kuhstall unter.

Dort kam auch der Porutscher unseres Sohnes, der schon Fieps als Badesee gedient hatte, wieder zu seinem Einsatz. Er war die unabdingbar sicherere Alternative zum großen Teich. Immer wieder hatten wir gehört und gelesen, dass Entenfrischlinge Probleme mit dem Aufstieg am Ufer hatten, die Mama nicht allen gleichzeitig helfen konnte und ein erschöpftes Küken jämmerlich ertrank.

Nach wenigen Tagen tauschten wir für Stunden die Aufenthaltsorte von Fieps und Annegret, die stolz und vorsichtig ihre

Brut im von uns abgegrenzten Territorium ausführte. Der uninteressierte Papa lag derweil schlafend auf der anderen Seite des Zauns in der Nähe seiner Familie. Die meisten Erpel, allen voran Fuchsberger, wären bei einer Trennung sicher nicht so friedlich und entspannt geblieben. Sie hätten versucht, Hindernisse zu überwinden und sich nicht in der Nähe der Ente ruhig aufgehalten, ohne zu ihr gelangen zu können.

Der handaufgezogene Fieps aber war, auf Abstand gehalten, ein extrem geduldiger Erpel. Wir sprachen ihn öfter an als sonst, damit er sich weniger alleine fühlte.

Annegret verkörperte die hochkonzentrierte Supermama schlechthin. Ihre Sorgfalt im Umgang mit ihren Küken war nicht zu übersehen. Beim geringsten Anlass ging sie in Angriffsstellung und führte ihre Kinder außer Reichweite. Selbst wenn sie es gekonnt hätte, wäre ihr das Benutzen eines Smartphones während der Beaufsichtigung ihres Nachwuchses bestimmt nie in den Sinn gekommen. Ihre Aufmerksamkeit galt nur den kleinen Watschlern. Sie war schließlich auch das Vorbild, von dem ihre Nachkommen lernten.

Nach etwa zwei Wochen leiteten wir zu früh eine Familienzusammenführung ein und beobachteten mit Entsetzen, wie Fieps versuchte, ein Küken zu ertränken. Vielleicht war er auch schon auf der Balz mit dem Nachwuchs. Annegret griff blitzschnell ein und konnte Schlimmeres verhindern.

Die beiden herangewachsenen Küken erlernten relativ früh das Schnattern und stellten damit ihre Weiblichkeit unter Beweis. Ein Entchen wollten wir behalten. Ihre Schwester Nalo, die NAmenLOse, stand nur kurz zum Verkauf. Der unzweifelhafte Hinweis auf ihre eierlegende Zukunft ermöglichte uns die schnelle Abgabe in liebevolle Hände. Hoffentlich läuft sie noch immer in der Nähe von Brokdorf durch grünes Gras.

Die junge Laufente, die wir behielten, beherrschte dieses Schnattern außergewöhnlich gut und wandte es häufig an. Mit Keks´ niedlichem Vor-sich-hin-Schnattern hatte es leider kaum eine Ähnlichkeit. Es war lauter und ihre Töne klangen weniger unterwürfig, eher fordernd, so in etwa wie: *„Nein, ich geh´ da nicht lang. Und überhaupt lasse ich mir von euch gar nichts sagen. Und das da ess´ ich nicht.*" Die Interpretation ihrer Laute war wahrscheinlich nicht so abwegig, denn sie war hier aufgewachsen und fühlte sich dadurch bestimmt sicherer als Keks. Ähnlich hübsch wie einst diese so besonders niedliche Ente watschelte sie mit Mama und Papa durch Herbst und Winter.

Dann sahen wir „Schnatti", wie sie entsprechend ihrer Lautäußerungen genannt worden war, am 1. Mai 2016, nur eine gute halbe Stunde nach dem Verlassen der Entenhütte, tot auf dem Rasen liegen. Vermutlich war auch hier eine Schnecke Schuld, dass sie so früh sterben musste. Ihr Hals war verdreht und der Schnabel wies Schleimspuren auf.

Die Natur verbindet das Leben und den Tod zu einer Einheit. Die Zeit dazwischen kann der Mensch bis zu einem gewissen Grad beeinflussen. Ein Tier jedoch nicht.

Offensichtlich trauriger als Annegret nahmen wir Abschied und legten die noch so junge Ente zu Klops, Krümel und Keks. Ihre unbestreitbaren Muttergefühle, die sie bei ihrer ersten Halterin sogar zur Mörderin werden ließen, waren bei Annegret erloschen. Schnatti war nur noch irgend so eine Mitläuferin. Obendrein hatte sie der Mama das Futter streitig gemacht, sodass sie sich noch mehr beeilen musste, um die Leckerbissen alleine für sich zu haben.

Die Natur hat dies bei den meisten Tieren so eingerichtet –

aber sind sie deshalb seelenlos? Schmerzen und Angst, Freude und Wohlergehen und wahrscheinlich vieles mehr empfinden auch sie. Es liegt in ihrem natürlichen Instinkt begründet, dass sie ihre Nachkommen eines Tages ganz realistisch als Futterkonkurrenten ansehen müssen.

Annegret zeigt solche Widersprüchlichkeiten eines Charakters, den mein Mann gelegentlich als „schäbig" bezeichnet, sehr deutlich. Auch heute noch läuft sie gemeinsam mit Fieps durch unseren Garten. Wie immer ist sie ständig unterwegs im krassen Gegensatz zu den Zeiten ihrer Brut und als frischgebackene Mama.

Seit ihrem enormen Höhenflug ist sie nie mehr weiter als die Rampe an der Hütte hinuntergeflattert. Auch während ihrer wenigen Fluchtversuche, bei der ausnahmsweise immer Bambi die Anführerin war, konnten wir lediglich ihre ausgebreiteten Flügel sehen. Völlig unelegant flatternd und sich am Zaun hinaufhangelnd, hatte Annegret nur ab und an den benachbarten Garten erreicht.

Bewusst sucht sie bei Hitze den Schatten, unweit von Fieps, der die pralle Sonne bevorzugt. Gerne in unserer Nähe, auch unter meinem Stuhl. Der Weg zur Hintereingangstür ist ihr gut bekannt und die dahinter befindlichen Körner nimmt sie gerne aus Menschenhand – aber wehe, sie hat ein Objekt ihrer Begierde entdeckt und wir kommen ihr dabei zufällig zu nahe! Mit gesenktem Schnabel, wütend heisere Drohlaute ausstoßend und mit den Flügeln schlagend, verfolgt sie uns im Eilschritt. Völlig unbeeindruckt von unserer körperlichen Überlegenheit und der Tatsache, dass wir, die guten Körnergeber, doch eigentlich von ihr geliebt und hofiert werden müssten.

Ähnliche Abläufe finden statt, wenn unser Border Collie sich erdreistet, in unmittelbarer Nähe besagter Tür zu sitzen, während unsere beiden „Süßen" dort nach Körnern verlangen wollen. Fieps, das einfältige Schaf, macht (fast) alles, was seine Holde ihm vormacht und startet genau wie sie einen Angriff auf den doch sehr viel größeren und vermeintlichen Futterkonkurrenten. Der verfügt jedoch nur über das Aggressionspotenzial eines Zwergkaninchens und flüchtet brav und regelmäßig. Zuvor schnappt er vor den beiden Halbstarken einmal warnend in die Luft, was jedoch ohne Wirkung bleibt und mit einem erneuten Angriff der Entenschnäbel beantwortet wird. Alles wiederholt sich ohne Lerneffekt sobald sich die Gelegenheit bietet. Der eindeutig genervte Gesichtsausdruck unseres Borders lässt an seiner Stimmung keinen Zweifel, dennoch beschränkt er sich zuverlässig auf seine Luftschnapper und bellt sie an: *„Blöde Enten, also ich könnte, wenn ich wollte! Passt bloß auf!"*

Aber die Einschätzung, wer hier der stärkere ist, überfordert ein Laufentenhirn. Stattdessen zeigt sich die direkte Abstammung aller Vögel von archaeopteryxartigen Sauriern bei Annegret und dem Nachahmer Fieps in einem „gefährlichen" Verhaltensmuster aus ihrer stammesgeschichtlichen Vergangenheit. Entweder liefere ich den Quakis unverzüglich Körner oder ermögliche unserem friedfertigen Helden auf vier Pfoten die schnelle Flucht ins sichere Haus. Ansonsten setzen die beiden Langhälse ihre sinnlose Machtdemonstration fort.

Auch das Gefühl für nächtliche Sicherheit hat sich nicht in jedem Entenhirn verankert. Während Fieps bei Dunkelheit in der Regel fast immer vor seiner Partnerin schon brav und ausnahmsweise völlig selbstständig den Weg in die Hütte findet, hat unsere Annegret anderes vor. Abends gibt sie vor der

Rampe kostenlose Darbietungen ihres einstudierten Laufentenlambada-Grundschrittes: rechts vorbei, links vorbei, Bürzel schwingen. Da wir uns an ihren tänzerischen Ausdrucksformen nicht interessiert zeigen, genießt Annegret es, ihre blöden Zweibeiner wenigstens gründlich damit zu nerven. Was sie wohl dabei denkt? – Vielleicht: *„Iiiich soll schon hier ´rein? Nee, mach´ ich nicht, tu´ ich nicht, will ich nicht, hab´ einfach jetzt noch keine Lust. Aber vielleicht später. Kommt gerne nochmal in ein bis zwei Stunden vorbei. Vorvorgestern war ich ja auch schon reingegangen, bevor ihr gekommen seid und musste auf EUCH warten."*

Überflüssig zu betonen, dass dieses Prozedere besonders ausgelebt wird, wenn es regnet und der Absperrdienstleistende doch lieber im Hause wäre, als an das Sicherheitsdenken dieser egozentrischen Ente zu appellieren. Entenwetter ist nun mal nicht gleich Menschenwetter.

Eines Abends packte mich die Wut und ich schloss die Tür hinter dem ruhesuchenden Fieps. Zuvor hatte ich schon oft versucht, nach der „Sieben auf einen Streich"-Methode zu handeln. Generös schloss ich dabei die Klappe des Stalls, in dem unsere sechs Hühnerdamen artgerecht früh zu Bett, genauer gesagt auf ihre Stange, gegangen waren. Dann ging ich ins Haus und erklärte meinem Mann, dass er jetzt ja wohl noch EIN einziges Tier einsperren könnte, nachdem ich bereits ALLE anderen ins nächtliche Quartier gebracht hätte. Feinheiten ließ ich unerwähnt – mein Mann, immer und überall mit einem wesentlich höheren Intelligenzquotienten gesegnet als meine Enten, verweigerte meistens rundheraus diesen Wunsch. Völlig genervt ging ich dann ein zweites Mal oder eben doch mein gleichfalls ungehaltener Mann hinaus, um unsere sture Lady irgendwie doch noch von der Wahl eines sicheren Platzes für ihre Nachtruhe zu überzeugen.

Gelegentlich fand Fieps es aus unerklärlichen Gründen dann angebracht, sein bereits gewähltes Nachtlager wieder zu verlassen. Wenn wir daraufhin ein paarmal Nachlaufen im Kreis gespielt hatten, gaben die kürzeren Entenbeine ein eindeutiges Müdigkeitssignal ab. Menschenbeine sind um einige Zentimeter länger und so stand der Sieger nach wenigen Minuten fest. Hatten wir Glück, gingen beide auf direktem Weg in die Hütte.

Annegret kannte und kennt aber noch die Version, n-e-b-e-n Fieps zu gehen. Während er so die einzige Zielgerade wählt, die ins Nachtquartier führt, geht sie an der Rampe vorbei und bleibt unten auf dem Rasen stehen. Dann beginnt das individuelle Nachlaufspiel noch einmal von vorn.

Auf dieses, sich ständig in Variationen wiederholende, abendliche Spiel in der Dämmerung hatten wir aber irgendwann keine Lust mehr. Deshalb sah ich mich gezwungen, jenes ernste Wort mit Annegret zu reden und die Tür hinter Fieps zu verriegeln.

Nachdem der Eingang zum gemeinsamen Nachtlager für sie nun versperrt war, überließ ich die Querulantin ihrem Schicksal. Nach einigen Minuten sah ich vom Küchenfenster unsere bockige Diva im Schein des Außenlichts auf der Rampe stehen. Das Türchen, das die Zugbrücke ausmachte, war ja jetzt geschlossen. Während meines erneuten Herannahens ging Annegret weiter und plumpste am Ende der Rampe wenig würdevoll durch das Loch. Nun aber schien sie verstanden zu haben: Besser unverzüglich der Aufforderung am Abend folgen, anstatt herum zu kaspern. Aber wenigstens einmal vorher noch bürzeln. Bei geöffneter Tür betrat sie dann unverzüglich das für sie vorgesehene Nachtlager. Meiner Meinung nach sah sogar ihr Hintern beleidigt aus….

Leider verfliegt dieser Lerneffekt nach wenigen Tagen und drängt auf Wiederholung. Nur hin und wieder geschieht im Winter das große Wunder, dass sie gemeinsam mit Fieps die Hütte bezogen hat, bevor einer von uns die Schotten dicht machen will. Tatsächlich scheint sie dann auf unser Kommen zu warten, denn sie sitzt mitten in der abgerundeten Türöffnung mit dem Schnabel nach vorne. Er ragt nach draußen und die Ente bietet uns so, ruhig verharrend, einen ulkigen Anblick. Eindeutig nicht in Schlafposition, will sie damit offensichtlich irgendetwas zum Ausdruck bringen. Vielleicht ein vorwurfsvolles: *„Na, da seid ihr ja endlich! Wurde auch Zeit! Nun, wo ICH schon mal hier bin."*

Die exzentrische Annegret ist und bleibt ein schwieriges Kapitel. Mit meinem Mann hat sie es verschi….pardon, verdorben. „Annegret hat einen schäbigen Charakter", ist für ihn ein geflügeltes Wort bei ihren ständig wiederkehrenden Unarten geworden. Mit seinem provokativ gebrummten: „Die könnt´ ich essen", macht er sich gelegentlich sehr unbeliebt. Andererseits weiß ich, dass er Annegret notfalls mit zu Bett nehmen würde, um sie vor einer Keulung zu schützen. Im Alltag aber bekommt diese Ente bei ihm einfach keinen Fuß mehr in die Tür.

Sie muss seine Antipathie irgendwie registriert haben: Ohne ihn mit Drohgebärden einschüchtern zu wollen, die uns ihre Abstammung von räuberischen Urahnen der Vorzeit immer wieder in Erinnerung ruft, lässt sie sich am Abend von ihm nicht einsperren. Ich dagegen bin bei dieser Gelegenheit noch nie ein Opfer ihres Angriffsversuchs geworden. Nicht immer, aber in den meisten Fällen folgt sie nach den zeitweiligen Strafmaßnahmen meinem Winken weitgehend problemlos. Und so ein Wesen soll keine Seele haben?

Ihre Vorzüge sind mir bewusst, während mein Mann sie nur selten und zähneknirschend eingesteht: Meistens dreht Annegret täglich ihre Runden im typischen, wie folgt beschriebenen Entengang: rechter Fuß komplett hoch, runter, linker folgt gleichfalls ohne Abrollen. Das sieht einfach drollig aus, auch wenn sie uns, nach wie vor, in der Regel ihren Po zuwendet. Absolut standorttreu sucht sie dabei den größten Teil ihres Futters selbst. Dabei vertikutiert sie den Rasen mit ihrem Schnabel für uns völlig zufriedenstellend oder düngt die Erde – statt des Teichs, in dem sie nicht so häufig zu finden ist – durch ihren „Hinterausgang".

Interessenskonflikte in Bezug auf Mangold & Co. gibt es keine, denn noch nie hat sie die niedrigen Steckzäune überwunden. Um rote Johannisbeeren, die angeblich so viele Laufis gerne mögen, streiten wir uns sowieso nicht, denn auch hier zeigt Annegret andere Vorlieben: Von den großen Mengen an Zwetschgen, die im September unter dem Baum landen, gebe ich ihr und Fieps gerne etwas ab. Dabei wird mir klar, warum Enten von jeher als „das Schwein des kleinen Mannes" bezeichnet wurden: Zwar sind Laufenten einerseits sehr krüsch, wenn die Speisekarte Neuerungen aufweist; haben sie aber daran Geschmack gefunden, fressen sie fast alles. –

Annegret hat Fieps „voll im Griff", das bedeutet: Was sie nicht tut, lässt er in der Regel auch. Keine unserer Enten war je so fleißig und verlangte nach so wenig Zufütterung. Außer im heißen Sommer 2018 war sie immer eine zuverlässige Eierlegerin. Zwischen März und August fast täglich eine sichere Lieferquelle für unsere Bratpfanne, den Kochtopf oder Backofen. Bis heute hat sie nie wieder einen Ausbruchsversuch unternommen – die Grenzen akzeptiert sie auf der Erde und in der Luft. Oft werden wir Zeuge ihrer Lebensfreude, wenn sie ausgiebig den Schnabel mitsamt dem langen Hals tief im Wassereimer versenkt und anschließend beim Auftauchen mit ausgebreiteten Flügeln das Wasser um sich spritzt. Das Schauspiel währt einige Minuten und es ist einfach herrlich ihr dabei zuzusehen. Und das bedeutet doch wohl, dass es ihr hier bei uns gefällt! Darüber hinaus ist sie unzweifelhaft eine starke Persönlichkeit mit eigenem Willen und vielen guten Eigenschaften. Und für all das mag ich sie sehr!

16. Mein kostbarer Erpel

Ein lieber Kerl
(Foto: Hannes Schwarz)

Fieps mag ich vielleicht aber doch ein ganz kleines bisschen mehr. Sein Wesen ist ruhiger, er wirkt ausgeglichener. Was nicht verwundert, denn Laufentendamen sind logischerweise aufgrund ihrer recht hohen Produktion von etwa 160 Eiern pro Saison aktiver auf Nahrungssuche als Erpel.

Während Annegret sucht und in der Erde gründelt, sitzt Fieps oft in ihrer Nähe. Läuft sie los, ist sie immer die erste. Der Erpel bewacht seine Ente von hinten und agiert somit ganz anders als Fuchsberger. Er hielt Krümel und Klops unter Kontrolle, indem er sie eng in seinem Gefolge einband.

Entfernt sich Annegret dabei mehrere Meter von Fieps, vielleicht sogar noch unsichtbar für ihn hinter Schuppen und Laubwänden versteckt, hechelt und schnarrt er aufgeregt und düst mit allen ihm möglichen Enten-PS hinter seiner Dame her. Dieses Schauspiel wiederholt sich, denn er legt öfter Ruhepausen ein als seine Partnerin.

Fieps bedrängt seine Ente niemals so, dass sie Schaden nehmen könnte. Sein sanftes Wesen ist, bis auf die Ausrutscher gegenüber seinen Nachkommen, sowieso friedlich geprägt. Dennoch fiel uns einige Monate nach Schnattis Tod auf, dass er noch ruhiger wurde und sich zeitweise nur schleppend fortbewegte. Merkwürdigerweise hatte er bald darauf wieder einige gute Tage, an denen ihm nichts anzumerken war. Froh und glücklich tapste er dann stehend in seiner typischen Manier von einem Bein auf das andere oder hüpfte sogar mit beiden, wenn es Futter gab und er meiner Hand mit den leckeren Körnern erwartungsvoll entgegensah. Mit gesundem Appetit pickte er sie anschließend eifrig auf.

Augenhacker gab es von unserem lustigen Vogel nie, obwohl wir jeden Morgen und Abend beim Öffnen und Verschließen des Hüttentürchens mit seinem Schnabel auf gleicher Höhe waren. In, wie ich fand, vorauseilendem Gehorsam war er meistens zur Nachtruhe die Rampe schon hinaufgegangen bevor wir kamen. Mein mitfühlender Mann hielt eine andere Erklärung für die einzig richtige: „Der ist froh, endlich nicht mehr hinter Annegret herrennen zu müssen."

Manchmal drehte Fieps sich auf der Rampe stehend um. „*Wo bleibst DU, Annegret?*", schien er mit suchendem Blick zu fragen. So bietet er einen lustigen Anblick, der mich stets zum Lachen brachte und bringt. Im Allgemeinen ist er schon immer ein freundlicher Typ mit viel Charme gewesen und für uns von großer Bedeutung. Deshalb waren wir über seine zeitweise schlechte Verfassung sehr beunruhigt.

Im Sommer war er in die Endlagerstätte aller auf dem Grundstück verrichteten Geschäfte unseres Hundes gestürzt. War das der Grund? Wir hatten jedoch keine Verletzung unmittelbar danach bemerkt.

Das Loch war ausnahmsweise nicht abgedeckt. Endlagerungen erweisen sich generell mitnichten als zukunftssicher und bringen darüber hinaus, wie sich sogar bei diesem relativ harmlosen Beispiel zeigte, andere in Gefahr.

Fieps gab uns Rätsel auf. Was fehlte ihm? Fuß verknackst – blaue Flecken? Oder gar nichts los und schlechte Laune? Vielleicht scheuchte Annegret ihn auch zu viel herum. Eine Ente wie Keks, dachten wir oft, wäre sicher die bessere Partnerin für ihn gewesen. Wir fühlten uns ein wenig schlecht dabei, denn Fieps konnte sich seine Gesellschaft ja nicht aussuchen. Noch eine Ente mehr könnte ihn aber zusätzlich überfordern und so blieb es bei den beiden, obwohl ein Trio prinzipiell die bessere Alternative ist.

Immer wieder lief er tagelang in der typischen, leicht geneigten Sektflaschenposition durch die Gegend. Ganz plötzlich, irgendwann, ging gar nichts mehr: Wie geschlagen und schwer verletzt, bekam er kaum die Füße hoch. Besorgt beobachteten wir unseren stillen Watschler. Im Laufentenforum fand mein Mann auch keinen Rat, der uns weiterhalf.

Als Fieps einen seiner schlechten Tage hatte, sprach uns eine Tierheilpraktikerin an. Ihre Mutter war in der Ferienwohnung nebenan zu Gast. Direkt helfen konnte sie uns nicht. Sie vermutete einen Defekt an der Wirbelsäule, der nur durch Röntgen abzuklären wäre. Außer einem Mittel zur allgemeinen Stärkung empfahl sie uns, zunächst unseren Patienten genau zu beobachten, die Häufigkeit der schlechten Tage oder Stunden zu notieren und alsbald die einzige Vogelklinik in Schleswig-Holstein aufzusuchen. Die Heilpraktikerin machte uns darauf aufmerksam, dass es den meisten Tierärzten in der Regel am ornithologischen Fachwissen und an Spezialgeräten fehle. Hinzu kommt, dass Geflügel sowieso überwiegend als Tellerware betrachtet und dementsprechend jung und gesund geschlachtet wird. Ein krankes auch – es wird nur dann nicht mehr gegessen. Nur einige wenige Geflügelliebhaber holen sich dort Rat und Hilfe, wo auch geliebte Stubenvögel verarztet werden.

Da es ihm zunehmend oft schlechter ging, wollten auch wir Fieps in dieser Klinik vorstellen. Seine typische Erpellocke war kaum noch zu sehen. Wenn er sich fortbewegte, knickte der arme Kerl nach kurzer Zeit am Po ein. Dann schlug er mit den Flügeln, um sich überhaupt weiterbewegen zu können oder sackte in sich zusammen – ein Bild des Jammers.

Ohne Annegret, die wir im alten Kuhstall einsperrten, setzten wir ihn in eine nicht zu große Pappkiste mit vielen Luftlöchern.

Er sollte von nichts und niemanden gestört werden. Die erste Autofahrt seines Lebens führte ihn dann auch ruhig schlafend in die etwa 50 km entfernte Tierklinik.

Die nette und kompetent wirkende Ärztin der Vogeltierpraxis stellte gleich drei Diagnosen, die gar nicht so weit von den Vermutungen der Heilpraktikerin entfernt waren. Nach dem Röntgen zeigte sich auf dem Bild tatsächlich eine Miniwucherung, eine Art kleiner Knoten an der Wirbelsäule. Meist entstand so etwas nach einer inneren Verletzung durch einen Raubvogelangriff, der ja auch unbemerkt geschehen sein konnte, erklärte die vogelkundlich geschulte Tierärztin. Hier lag möglicherweise die Ursache seiner zeitweiligen Gehschwäche, denn der Knubbel war nicht fest verwachsen und konnte so unregelmäßigen Druck auf die Nerven ausüben. Sollte er aber andere Ursachen haben und bösartig sein, würde unser Fieps nicht mehr lange leben. Der Stoffwechsel eines so kleinen Tieres führt unweigerlich zu schnellen Entwicklungen.

Außerdem litt er aktuell an einer Entzündung und einer Verpilzung, die sich aber beide gut mit Medikamenten behandeln ließen.

Mit der Hoffnung, dass er die nächsten Wochen überleben würde und dem neuerworbenen Wissen, wie man gezielt Tabletten und Tropfen in einen Entenschnabel einbringt, verließen wir die Praxis. Zuvor hatten wir eine Rechnung bezahlt, die mehr als 16x so hoch war wie die durchschnittliche Schutzgebühr für Laufentenerpel. Unserer war es wert. Er war kostbar für uns, sehr kostbar für mich. Auf vieles konnte und wollte ich verzichten, wenn mein Erpel dafür weiterleben würde.

Widrige Umstände machten ihm das Leben schwer, denn der Amtsschimmel hatte im Herbst 2016 schon wieder einmal so laut gewiehert, dass er sein eigenes Echo nicht hören konnte: Die Sinnlosigkeit der Stallpflicht, gegen deren Durchführung bekannte Wissenschaftler und Ornithologen überzeugende Gegenargumente hervorbrachten und -bringen, war erneut zum Gesetz geworden. Dies betrachtete man als Schutz zur Ausbreitung der Vogelgrippe, die nun verursacht durch den Erreger H5N8, wieder nachgewiesen worden war.

Nicht nur die Immunabwehr unseres Entenpärchens wurde durch die artfremde Haltung geschwächt, sondern auch die vieler anderer inhaftierter Vögel. Damit einher gingen die tierquälerischen Aspekte, die keinerlei Rücksicht auf Bedürfnisse von freilaufendem Geflügel nehmen. Und das, obwohl das wichtigste Argument für die Stallhaltung, nämlich die Übertragung des Virus durch Wildvögel, bis heute nicht bewiesen ist. Der renommierte Ornithologe Prof. Dr. Peter Berthold und viele andere namhafte Fachleute[*] sehen den tatsächlichen Ursprung in der Massentierhaltung und dem damit verbundenen Geflügelhandel: Nur wenige Vögel, die bereits unsichtbar infiziert sind und rund um den Globus zu diversen Zuchtbetrieben verschickt werden, reichen aus für die rasante Ausbreitung der Vogelgrippe – ganz besonders in geschlossenen Beständen.

Im Gegensatz dazu hatte der damals erkrankte Pelikan, der in einem Zoo bei Frankfurt im Taunus mit anderem Geflügel in Kontakt kam, den Erreger nicht weitergegeben. Ein Indiz, was darauf hindeutet, dass in der Freilandhaltung die Infektionsgefahr wesentlich geringer ist als in der Intensivhaltung.

Das Interview mit Prof. Dr. Peter Berthold vom 03.02.2017: „mein-schoener-garten.de/lifestyle/gruenes-leben/vogelgrippe-ist-die-stallpflicht-sinnvoll-27936", soll hier als Beispiel genannt werden. Weitere Links zur Information über Vogelgrippe unter gartengeschnatter.de/index.php/literatur-und-weblinks

Allen guten Argumenten zum Trotz und gegen unsere Überzeugung sperrten wir Fieps und Annegret ein, denn Hilfspolizisten und Wichtigtuer gibt es immer und überall. In den Stall drang an den dunklen Herbst- und Wintertagen kaum Tageslicht, sodass wir unsere Stromrechnung durch eingeschaltete Neonröhren in die Höhe treiben mussten.

In die Hobelspäne für die Pferdehaltung, die die Tierärztin uns statt des mit Pilzen behafteten Strohs für Fieps empfohlen hatte, streuten wir kleine Steinchen. Enten benötigen sie zur Verdauung und es bot den beiden ein wenig Beschäftigung, danach zu „gründeln". Die Gefiederpflege im Stall nahm auch sehr viel weniger Zeit in Anspruch, denn der Fettfilm nutzte sich ohne Regen- und Teichwasser kaum ab. An jeder Feder unserer Enten glaubten wir deshalb ihre Verzweiflung und Trauer über ihre Inhaftierung zu erkennen. In banger Sorge beobachteten wir die Lethargie der für ihre Lauf- und Lebensfreude bekannten Wasservögel.

Annegret wurde zur „Soda"-Ente. Es tat uns sehr weh, die lauffreudigste Ente, die wir bisher kennengelernt hatten, regungslos einfach „so da" sitzend zu sehen. Wir waren uns aber ziemlich sicher, dass ihr nichts fehlte – außer eben: das Gras, der Himmel, die Erde, der Regen, die vielen beliebten Enten-Wanderwege, die frischen Würmer und Schneckeneier und… und…, sowie last, but not least sogar: der Teich.

Fieps´ Pilzinfektion wäre mit Sicherheit schneller an der frischen Luft ausgeheilt als im alten Kuhstall. Aber gute Argumente zählten einfach nicht. Und während die Geflügelpest in geschlossenen Ställen unter Tieren ausbrach, die noch nie das Tageslicht gesehen hatten, schluckte unser kleiner Patient im zwangsverordneten Halbdunkel brav seine Medikamente.

Aufgrund seiner Schwäche gänzlich ohne Widerstand. Zweimal täglich wickelte ich ihn in ein Handtuch, öffnete ihm den Schnabel und spritzte die aufgelösten Tablettenstücke und Tropfen in Miniportionen an der Zunge vorbei in die Speiseröhre. Fast meinte ich in seinen Augen so etwas wie Vertrauen und Dankbarkeit zu erkennen.

Die waren noch immer das Schönste an diesem vergleichsweise hässlichen Erpel, der sich aus einem so niedlichen, hellgelben Küken entwickelt hatte. Seine ententypisch runden Augen waren genauso einfarbig schwarz und glänzend geblieben. Das trat bei seinem dreckig-altweißen Gefieder logischerweise mehr herausleuchtend in Erscheinung als bei dunklen Vögeln.

Sein Aussehen war mir allerdings völlig gleichgültig. Der, von wenigen Ausnahmen abgesehen, sanfte Charakter und seine drollige Art machten ihn so liebenswert. Als wir nach etwa zwei Wochen eine leichte Besserung feststellen konnten, freuten wir uns wie die kleinen Kinder an Weihnachten, das nun auch bald vor der Tür stand. Von nun an ging es aufwärts. Kein Tumor! Was für ein Geschenk!

Während wir die Medikamente vorschriftsmäßig aufbrauchten, herrschten außerhalb des Stalls Minusgrade, sodass wir mit der Inhaftierungspflicht zu diesem Zeitpunkt nicht sonderlich haderten. Wenn der Teich zufriert und die Wege teilweise glatt sind, ist das Leben draußen für Laufis sowieso nicht wirklich interessant. Aufgrund der Kälte verbringen sie die Tage überwiegend schlafend. Der Schutzmodus wird dann wie folgt eingestellt: Als Laufente sucht man sich das wärmste, windgeschützte Plätzchen und klappt als nächstes unter viel Gebürzel die Fortbewegungsstelzen platzsparend unter die mit echten Entendaunen bewachsene Bauchdecke ein. Dann verbringt man die kalte Zeit energiesparend, sitzend mit dem Kopf im Gefieder, bis Temperaturen über 0°C wieder gut zu ertragen sind. Idealerweise an der frischen Luft, ohne die vielen Schimmelsporen im Stall. Aber wenigstens war es dort wärmer als draußen.

Bald aber stiegen die Temperaturen und der Frühling nahte. Davon merkte unser Geflügel leider nichts. Ihr Biorhythmus, der auch die Hormone zur Eiablage steuert, war durcheinander. Denn genau wie unsere sechs Hühner blieben auch die Enten sorgfältig hinter der Stalltür eingesperrt. Wir hatten es allerdings in der Regel so eilig, aus dem dunklen, muffigen Stall an die frische Luft zu kommen, dass wir hin und wieder vergaßen, die Tür hinter uns zu schließen. Schneller als gedacht, gelangte unser Entenpärchen in den Hühnerauslauf und ein Annegret-Wunder geschah: Ganz deutlich ließ sich ein *„wieht-wieht-wieht"* vernehmen, zu dessen Artikulation ein Erpel leider nicht in der Lage ist. Bei Fieps erkannten wir die Glücksgefühle an seinem ekstatischen Benehmen, das er nach ausgiebigem Bürzeln an den Tag legte. Wie aufgezogen rannte er hin und her: wutz, wutz – hierhin; wutz, wutz – dorthin.

Nun ja, sobald wir die Zeit dazu fanden, sperrten wir die Ausreißer natürlich sofort wieder ein, denn die Sympathisanten der Stallpflicht bliesen auch noch im April 2017 weiterhin zum großen Halali.

Mittlerweile hatten wir unsere Tierliebe am Stromzähler und der daraus resultierenden Rechnung ablesen können. Leider musste diese sinnlose Verschwendung fortgesetzt werden, obwohl draußen mittlerweile die Sonne schien. Sie wäre so gut und heilsam für Fieps gewesen. Auch wenn es ihm schon deutlich besser ging – er war und ist ein Sorgenkind. Die kleine Wucherung sorgt auch heute hin und wieder dafür, dass er kaum gehen kann. Sonne ist für ihn immer eine Entlastung. Aber die schien nun mal nicht im Stall.

Auch nicht für unsere sechs Hühner. Allerdings gibt es in ihrem geräumigen Domizil ein großes Fenster. Zwei Zwerg-Australops und vier ausgewachsene reinrassige Ramelsloher hatten dort während der Stallpflicht 2016/17 ihre Legenester und Schlafstangen. Letztere sind bekannt als Winterleger und selbstständige Futtersucher. Die großen Hühner mit den hübschen Augen teilen die Leidenschaft der Laufenten für lange Wanderwege. Wie alle Hühnervögel lieben sie es, gründlich in der Erde zu scharren. Selbst wenn dabei nur wenige Krallen und Schnäbel aktiv werden, bedeutet das den Untergang für jedes Gartenbeet. Unseren wird deshalb hier der Zugang verwehrt. Stattdessen führen Wege an einer Abgrenzung vorbei in den Hof zu einer Busch- und Baumbepflanzung.

Ramelsloher Hühner stehen ganz oben auf der roten Liste der vom Aussterben bedrohten Rassen. Unter anderem, weil sie eine große Freifläche brauchen, die ein kommerzieller Betrieb ihnen nicht bieten kann. Weitere alte Hühnerrassen sind aus ähnlichen Gründen nur noch selten zu finden. Ihre oft respektable, aber unökonomische Legeleistung verteilt sich über einige Jahre. Viele Züchter dieser Rassen gaben verzweifelt ihre Bestände auf, denn während der Stallpflicht hatten sie keinen Platz für eine wenigstens halbwegs artgerechte Unterbringung ihrer Tiere. Im Gegensatz dazu stellt das Einsperren der überall in der Hühnerbranche verbreiteten Hybridtiere keine so große Quälerei im leider ohnehin kurzen Leben der Tiere dar.

Die Stallhaltung während der Vogelgrippe räumt jedes Mal

ein bisschen mehr unter den alten Rassen auf. Immer weniger Halter züchten sie und immer mehr Tiere stehen auf der Roten Liste – Laufenten übrigens schon im Beobachtungsstatus.

Die meisten Keulungen finden logischerweise in den Intensivhaltungen statt: Nach den offiziellen Angaben des Bundeslandwirtschaftsministeriums waren es 2016/17 in Deutschland mehr als 1,1 Millionen Tiere. 10.000 starben zuvor.

Ob dazu auch die Laufenten einer entfernten Bekannten zählten, die damals kopflos in die Röhre schauen mussten?

Und einige seltene Bestände von Hobbyzüchtern?

Und die 7500 Eintagsküken aus Ungarn, die am Frankfurter Flughafen ihre geplante Verladung nach Turkmenistan nicht mehr erleben konnten?

Sie alle zählten nicht mit.... und viele, von denen wir gar nichts wissen, auch nicht.

Fest steht nur: Das Gesetz zur Stallpflicht trägt genauso zum Aussterben der Vielfältigkeit bei, wie der vermeintlich preisgünstige Online-Versandriese aus Amerika zum Sterben des Einzelhandels vor der Haustür. Wenn alle Auswahlmöglichkeiten beseitigt sind, werden die jeweiligen Monopolisten den Kurs, das Warenangebot und den Preis bestimmen. Egal, ob es uns gefallen wird oder nicht. Die gesellschaftliche Ordnung will es so und auf ein Tier als ein Vertreter der für alle Menschen wichtigen Natur wird kaum Rücksicht genommen. Die Bevölkerungszahl auf unserer Erde steigt an, während die Diversität der Tierarten und ihre Anzahl abnimmt.

Das verbleibende 08/15-Warenhuhn ist ein Wunsch innerhalb der tonangebenden Hühnerbranche, der eigentlich schon in Erfüllung gegangen ist: Alle gewerblichen Hühnerhalter sind auf einige wenige Geflügelzuchtkonzerne angewiesen, die das eierlegende oder fleischliefernde Hybridhuhn kreiert haben. Ein solches Huhn kann keine gleichwertigen Nachkommen erzeugen. Geflügelbetriebe sind somit gezwungen, Küken, Jungtiere, sowie Futter, Stärkungsmittel und ähnliches bei den Zuchtstationen zu ordern, die nur aus weltweit wenigen Quellen schöpfen können: Einige Geflügelkonzerne unterhalten hauptsächlich in Asien Farmen, die Größen jenseits unserer Vorstellungskraft erreicht haben. Alleine durch die Menge und Haltungsbedingungen werden dort neben Tieren auch Krankheiten „produziert". Es bedarf noch nicht einmal der Versendung erkrankter Tiere oder verunreinigten Futters aus diesen Beständen. Die Viren, die zum Beispiel an Transportmaterialien, Wasserspendern, Wärmequellen oder Begleitpersonal haften, sind ausreichend: Sie können die Geflügelpest entlang der Handelswege und bei den diversen Endabnehmern effektiv und an verschiedenen Orten der Welt verteilen.

Die These, Zugvögel als Sündenböcke heranzuziehen, wirkt im Vergleich dazu unglaubwürdig, denn „wären es wirklich Zugvögel...müsste von Asien ausgehend – eine Spur toter Vögel zu uns führen. Dem ist aber nicht so." (Zitat Prof. Dr. Peter Berthold, siehe Anmerk. Seite 140).

Die Wahrscheinlichkeit, dass Hühner(küken) die Krankheitserreger einschleppen, ist schlichtweg aufgrund der zum Verbrauch bestimmten Massen an Eiern und Hühnerbrüsten die logischerweise wohl häufigste.

Unsere unglücklichen Hühner haben Gott sei Dank die Stallpflicht überlebt. Sichtlich deprimiert pickten sie ihre Körner jedoch noch im beginnenden Frühling 2017 einzeln im Stall auf. Dies bot Beschäftigung, die wir ihnen gerne verschaffen wollten. Normalerweise bekamen sie ihr Futter nur draußen. Denn was für Hühner lecker ist, zieht leider auch hungrige Ratten an, die in allen Ställen der Welt Zugang finden. Könnte es nicht sein, dass sie auch diese Krankheitserreger, die in Körpersekreten und Kot der betroffenen Tiere zu finden sind, verteilen? Wenn sogar der Mensch vor Betreten eines Stalls aufgefordert wird, eine aufwendige Desinfektion seiner Kleidung und Schuhe durchzuführen? –

Ab und an kamen mir unglaubliche Geschichten von Geflügelbesitzern zu Ohren, die ihre Tiere zweimal am Tag durch Zufall lüfteten, manche sogar nur einmal und dafür länger! Sicher nur ein Gerücht… Und jener Hahnenschrei, der sich immer so prägnant vernehmen ließ, gehörte bestimmt nicht zu einem freilebenden Tier. Garantiert saß es in einer Voliere, die ich allerdings noch nie gesehen hatte...

Offiziell war nämlich auch im März noch kein Ende der Inhaftierung abzusehen und so verfolgten mich immer wieder schlimme Alpträume, die von der Keulung meiner Enten und Hühner handelten. Am schlimmsten zu ertragen waren die auf mich gerichteten tiefschwarzen, flehenden Augen meines Entenerpels, bevor in weißem Plastik eingeschweißte Männer ihn erschlugen. Am nächsten Morgen eilte ich dann sofort in den Stall und nahm den von meiner Innigkeit geschockten Fieps in die Arme. Der aktuell einzige Vorteil des Wegsperrens, auf den ich gerne verzichtet hätte, zeigte sich so: Er konnte mir auf den wenigen Quadratmetern nicht entfliehen.

Immer wieder träumte ich diesen Albtraum, denn in unserer unmittelbaren Nähe befindet sich ein Geflügelhof. Dort hält man zwar nur etwa 200 Tiere in Freilandhaltung, aber auch hier existiert die nicht auszuschließende Gefahr: Wie in jedem

Betrieb dieser Art müssen Küken aus fremden Beständen angekauft werden. Schon in den Wochen vor Weihnachten hatte man das meiste Geflügel pragmatisch aus Platzgründen früher als sonst geschlachtet und die Basis für unzählige Festtagsbraten eingefroren. Viele Hühner lebten jedoch nun seit Monaten im Stall. Was würde geschehen, wenn diese Krankheit dort ausbrach?

Die Antwort könnte grausam sein.

Darf man eine Laufente nicht so lieben wie einen Hund, sondern muss sein Draußenhaustier einfach so zur Keulung freigeben? Nur auf irgend so einen blauen Dunst hin? Weil für die „Ware" Tier eine Untersuchung der Körpersekrete generell zu aufwendig und präventives Keulen am einfachsten und billigsten ist? Bei dieser Endlösung werden nur wenige Ausnahmen gemacht. Gemeinhin gilt Geflügel als Produktionsware, auch wenn diese zufällig atmet, gackert, schnattert oder andere Laute von sich gibt.

Unser Erpel hat einen Namen. Wir essen ihn nicht auf. Er hat Charakter und Seele. Wie jede Laufente, wie jedes Tier. Er und seine Annegret stehen uns nahe und gehören zur Familie, auch wenn sie unser Haus nie betreten.

Unser Border Collie hatte zwei Wochen nach Fieps Arztbesuch Rattengift gefressen. Dank der schnellen Fahrt in die Tierklinik und dem stationären Aufenthalt über Nacht hat er es überlebt.

Er war und ist unendlich kostbar für uns. Ein sehr geliebter Kamerad. Ich weiß genau, wie gut es sich anfühlt, das Glück auf vier Pfoten bei uns zu haben.

Und wie kostbar auch mein kleiner Erpel für mich ist, weiß ich ganz genauso. Niemals darf mein Alptraum Wirklichkeit werden.

17. Die Gewächshausenten

Ohne Worte

Irgendwann bevor der Sommer 2017 begann, durfte das Geflügel in Deutschland wieder ganz offiziell in die Freiheit entlassen werden. In manchen Gebieten Deutschlands hielten es die jeweiligen Landwirtschaftsministerien für notwendig, dass die Vögel weitaus länger als ein halbes Jahr eingesperrt bleiben sollten.

Ich litt damals sehr unter dem leeren Garten, der mir die qualvollen Lebensbedingungen meiner Lieblinge ständig ins Bewusstsein rief. Wie reich war ich doch, wie gut ging es mir, wenn das leise Geschnatter meine Wege begleitete oder das Fenster einen Blick auf ein aktives oder ruhendes Entenpaar freigab.

Um es zeitgemäß auszudrücken: Laufenten waren meine Resilienzverstärker geworden – meine Lieblings-Bewohner im eigenen Bullerbü vor der Haustür, die meine Seele stärkten.

Aber ein Leben wie in Bullerbü ist leider für niemanden von ökonomischem Interesse. Dieser Lebensentwurf hat somit keine Chance auf eine Weltmachtstellung.

Wer Bullerbü liebt, kann trotzdem nicht im Wolkenkuckucksheim seine Ruhe finden. Die Realität ist allgegenwärtig. Massentierhaltung verursacht viele Probleme, mit denen wir alle konfrontiert werden. Nach der Geflügelpest ist vor der Geflügelpest. Die korrekte Bezeichnung der Krankheit wird oft durch „Vogelgrippe" ersetzt, um keinen Verdacht auf die weitverbreitete Form der Intensivhaltung zu lenken und Wildvögel als Schuldige in den Fokus zu schieben. Das dafür verantwortliche Virus kann sich, wie alle anderen Viren auch, verändern. Diese Mutationen bergen unvorhersehbare Gefahren.

Der weltweite Tier- und Futterhandel sorgt aber nicht nur für die globale Verbreitung dieser Krankheitserreger. Die in der Massentierhaltung notwendigen Medikamente führen bei Menschen durch die Nahrungskette mit der Zeit zu Resistenzen, wie unter anderem die zunehmend wirkungslosere Verabreichung von Antibiotika bei bakteriellen Infekten zeigt: Die Büchse der Pandora ist geöffnet.

Zusätzlich fördern die kaum noch vorhandenen Tabus bei Haltung, Schlachtung und der Jagd auf Exoten, sowie schwindende Rückzugsorte für Wildtiere die Entstehung neuer Varianten diverser Krankheitserreger. Durch Kontaktketten finden sie besonders leicht dort Nährboden, wo Massen eng an eng leben.

Die Geflügelpest war vor 1983 wenig bekannt. Es gab vereinzelte Ausbrüche in vielen Erdteilen, die in den 90er Jahren zunahmen. Seit Beginn des 21. Jahrhunderts aber geht es Schlag auf Schlag: Zwischen denen, für die an vielen Orten der Welt eine Stallpflicht angeordnet wurde und die mit Millionen von Keulungen einhergingen, gab es zusätzlich viele kürzere und lokale Ausbrüche.

Anfang November 2020 schien sich möglicherweise eine weitere große Welle in Deutschland anzukündigen.

Als die ersten Meldungen von toten Wildvögeln in Schleswig-Holstein auftauchten, bemerkte ich, dass mein Mann mittlerweile weit über seine einstige Entenkompatibilität hinausgewachsen war. Was ihn umtrieb, war mehr als die Angst, meine üblicherweise energiegeladene Gegenwart in den Wochen der Enteninhaftierung nur noch als stille Gestalt mit hängenden Flügeln wahrnehmen zu müssen.

Vielmehr zeigte sein Verhalten deutlich, dass ihm in einem Garten ohne Laufenten vor allem eines fehlen würde: Laufenten.

Ehrlich bestürzt nahm er seinen mir gut bekannten Brutplatz am Computer ein. Seine meist von Erfolg gekrönten, suchenden Fähigkeiten außerhalb der heimischen Schränke und Regale waren nach wie vor genial. Bisweilen wurden sie von Reparatur- und Konstruktionsideen, vergleichbar mit denen eines Profiamateurs, noch übertroffen.

Als er in seinen bevorzugten Suchportalen fündig geworden war, erklärte er mir die unabdingbare Notwendigkeit im aktuellen Spätherbst endlich unser schon seit einigen Jahren geplantes Gewächshaus realisieren zu müssen – am besten vorgestern, aber spätestens sofort: Am alten Kuhstall, den Annegret einst so triumphal überquert hatte, dass selbst Elly Beinhorn neidisch geworden wäre, sollte ein Anlehngewächshaus für Tomaten entstehen.

Ich verstand und freute mich trotz der wahrscheinlich zu erwartenden Stallpflicht über die Idee meines an der Entenhaltung gereiften Mannes.

Die Holzlatten und Einschlaghülsen, die er während seiner Überlegungen am Bildschirm entdeckt hatte, holten wir an einem Sonntagmorgen Anfang November ganz in der Nähe unseres Wohnortes ab. Am gleichen Tag entstand als erstes die Tür des geplanten Entenknasts. Mit Hilfe eines Bekannten wuchs innerhalb von drei Tagen ein Ständergerüst für eine Dachabdeckung auf einer etwa 18 m² großen Grundfläche. Es war ein Teil des Hühnerauslaufs. Die aktuell aus drei Damen bestehende Schar musste im Falle der Inhaftierungspflicht im Stall bleiben, sich langweilen und ohne selbstgesuchtes Futter zurechtkommen.

Wir hofften das Schicksal auszutricksen: Ohne sicher zu sein, ob der für zukünftigen Tomatenanbau gedachte Platz noch zum drahtummantelten Gefängnis für Enten werden müsste, wurden Pfosten und Winkel zusammengeschraubt. Vielleicht war es dann so wie mit einem Ersatzteil, das man sich besorgt hatte und gerade deshalb nie benötigte.

Diese kleine Hoffnung blieb während der Arbeit nach Feierabend bestehen; erwies sich aber bald schon als falsch: Noch bevor das Bauwerk vollendet war und zehn Tage nach dem Bekanntwerden des Ausbruchs der Vogelgrippe in einer Hühnerhaltung wurde die Stallpflicht in ganz Schleswig-Holstein angeordnet. Nach einer kurzen Übergangsfrist sollte das Geflügel Mitte November eingesperrt sein. Laut den Meldungen in den Medien begrüßte die Geflügelwirtschaft diese Entscheidung. Von der Reaktion der mengenmäßig kleinen Geflügelhalter, die ihre Tiere liebten, wurde wie immer nicht berichtet.

Und nirgendwo wurde die Frage, wo sich denn die Wildvögel angesteckt hatten, laut und deutlich erläutert.

Dass für Menschen beim Ausbruch einer Viruserkrankung andere Verhaltensmaßregeln gelten als für Tiere, verdeutlicht erneut deren Behandlung als Ware. Während sich die selbsternannte „Krone der Schöpfung" logischerweise voneinander fernhalten soll, um eine eventuelle Ansteckung zu vermeiden, hält man Tiere in Intensivhaltungen weiterhin dicht an dicht und zwingt andere Halter, das an Freigang gewohnte Geflügel in Ställen einzusperren.

Pflichtgemäß wurde Fieps und Annegret dementsprechend ab dem 11. November der Zutritt zu 1200 m² Lebensraum verriegelt. Gott sei Dank nicht hinter Glas wie in einem regulären Gewächshaus, sondern hinter engmaschigem Draht, waren sie bis auf weiteres von ihrem Gartenparadies ausgesperrt. Für wenige Wochen alte Küken wäre es das ideale Gehege gewesen. Es gab einen Miniteich, dessen Wasser Fieps und Annegret gerade noch bis zur unteren Bauchdecke reichte und eine Hütte mit Blechboden, die mein Mann sehr schnell, aber zweckmäßig und sicher zusammengezimmert hatte.

Überdacht und vor einfliegenden Vögeln geschützt, konnten sie immerhin an der frischen Luft in der Erde gründeln und im Tümpel ein wenig planschen.

Nun wurde uns in aller Deutlichkeit klar, was wir sowieso schon wussten: Laufenten sind in einem großen Garten mit einem tiefen Teich absolut pflegeleicht zu halten. Auf der kleinen Grundfläche jedoch verlangten sie nach zusätzlichen Arbeitsstunden. Wir mussten ihre Hinterlassenschaften vergraben oder aufnehmen, damit die Enten nicht gezwungenermaßen darin gründelten und aus diesem Grund erkrankten. Alle paar Tage ergab sich außerdem die Notwendigkeit des Wasserwechsels. Mit Hilfe von Eimern wäre das ein Ganztagesprojekt für mich gewesen, denn die Riesenpfütze fasste trotz ihrer Miniaturausstrahlung mehr als 150 l. Die Problemlösung meines mit mir verheirateten Teilzeitgenies lautete:

– Man nehme eine Wasserstrahlpumpe, die angeblich vielen Menschen – außer mir natürlich – noch aus dem Schulunterricht bekannt sei. Diese wird an die Gartenbrunnenpumpe angeschlossen und die Saugleitung der Strahlpumpe auf den Grund des Badetümpels verlegt. Dann schalte man die Pumpe des Brunnens an und siehe da, die Wasserstrahlpumpe schlürft langsam, aber konsequent den Tümpel leer.

Ist dies geschehen, wird ein Ventil umgestellt und das Wasser aus dem Brunnen gelangt durch die nunmehr als Einspeisung dienende Saugleitung in das Ersatzbadeparadies meiner Lieblinge. – So erklärte mir mein naturwissenschaftlich begabter Mann seine Vorgehensweise.

Meine Hirnwindungen waren aber gerade am Tag der Erläuterung nicht in der richtigen physikalischen Aufnahmebereitschaft gedreht. Deshalb simplifizierte ich in Gedanken: „Nix mit extra viel abpumpen oder Eimer schleppen, sondern einfach durch die Gartenpumpe Wasser marsch und wenn Tümpel leer – dann Hebel umlegen und rein mit dem Frischwasser. Zack – und fertig." Die Bedienung hatte ich verinnerlicht, die Erklärung vergessen – Hauptsache, meine Enten hatten frisches Wasser!

Das Zweitwichtigste war aber fast genauso wichtig: Die Lösung des Problems mit dem Wasserwechsel war eine erneute Sternstunde in der Beweisführung der stark angewachsenen Entenkompatibilität meines Mannes. Sie tröstete mich ein wenig über fehlenden Zuspruch freilaufender Enten im Garten, den ich so sehr vermisste.

Vom Fenster in der Küchentür konnten wir unsere Gewächshausenten beobachten. Erstaunlicherweise arrangierte sich Annegret besser als Fieps. Ihr lebhaftes Verhalten wirkte zwar schon ziemlich ausgebremst, dennoch war sie weit entfernt von jener „So-da"-Ente, die sie im Stall gewesen war.

Fieps schien unter der Beraubung seiner Freiheit stärker zu leiden. Die ersten drei Tage stand er die meiste Zeit stocksteif dicht am Zaun, anstatt sich, wie so oft im Garten, hinzulegen. Vielleicht lag das auch daran, dass er Annegret nicht nachlaufen musste. Es sah aber tatsächlich so aus, als blicke er sehnsüchtig nach draußen. Er war eingesperrt im Entenknast. – Mit Draht vor dem Kopf, obwohl er doch gar nichts verbrochen hatte.....

Auch wenn er wahrscheinlich nicht so dachte wie wir und nicht wusste, was ihm geschah, merkte man ihm an, dass er sich nicht wohl fühlte.

Die Wahrscheinlichkeit, dass er hier draußen die Stallpflicht überstehen würde, war auf jeden Fall ungleich größer als im dunklen Gemäuer. Es war erst drei Jahre her, dass Fieps den Winter dort verbracht hatte.

Wenn diese Tierquälerei, an der ich mich beteiligen musste, doch endlich für immer aufhören würde! In welcher Relation stehen zwei oder zwanzig Enten oder anderes Geflügel eines Hobbyhalters im Vergleich zur Massentierhaltung? Deren zahlreiche Existenzen den Ausbruch der Geflügelpest aller Wahrscheinlichkeit nach erst ermöglichten?[*]

Wie lange würde es dieses Mal dauern, bis Fieps wieder durch den Garten laufen durfte? Und für wie lange dann?

Er war doch so kostbar für mich geworden. Und wenn er litt, litt auch ich.

Allen der Öffentlichkeit geläufigen, unbewiesenen Theorien zum Trotz breitete sich die Geflügelpest innerhalb der ersten drei Monate der Stallpflicht hauptsächlich in Schleswig-Holstein aus. 50 000 Tiere wurden bis zur Drucklegung dieses Buches im Februar 2021 dort nach offiziellen Angaben gekeult. In einigen weiteren norddeutschen Bundesländern galt die Pflicht zur Inhaftierung der üblichen Verdächtigen nur in wenigen Landkreisen. Dies war auch in Bayern der Fall. Die Wildvögel waren offensichtlich mit Privatflugzeugen dorthin geflogen, um die Mitte Deutschlands dieses Mal zu verschonen.
Ob es Geflügellieferungen aus gleichen Beständen in die betroffenen Ställe gegeben hat, wurde hingegen nicht veröffentlicht; wahrscheinlich auch nie untersucht. Gleichfalls wurde nie bekannt, dass Transportwege durchleuchtet wurden.

18. Unend(t)licher Reichtum

Gartenblumen wachsen auch trotz der Entenfüße,
die über sie hinwegtrampeln

Nicht nur Fieps ist kostbar. Zugegebenermaßen kostbarer für mich als seine stetige Begleiterin. Trotz ihres widersprüchlichen, zeitweise undurchschaubar aggressiven Verhaltens wird mir aber auch der Abschied von Annegret eines Tages sehr schwer fallen.

Viele unterschiedliche Entencharaktere haben wir außer den beiden schon kennengelernt: Die „BE´s" fanden wir zwar unsympathisch; nichtsdestotrotz waren auch sie ganz klar Individuen mit Seele und Charakter. Himpelchen und Pimpelchen kannten wir nur kurz – ein tapferer Kämpfer und seine treusorgende Ente. Fuchsberger hatte es meiner Meinung nach schwer, mit seinem Leben klarzukommen. Genau wie sich manche Menschen, die ein solches Problem haben, verleiten lassen das Dasein für andere Wesen unangenehm zu gestalten, handelte auch er. Keks war sehr schüchtern, vorsichtig und selbst als erwachsene Dame die niedlichste meiner Enten. Äffchens Hyperaktivität ließ sich genauso gut erkennen, wie Bambis fehlende Entenintelligenz und Schnatti, die bisweilen aufsässig wirkte, hatte leider nur ein kurzes Leben.

Annegret ist die Ente mit dem Janusgesicht einer Katze, die faucht und schnurrt. Vielleicht wird sie im Alter ruhiger. Etwas tüdelig scheint sie ab und an leider schon zu sein. An so manchem Sommermorgen 2019 versteckte sie sich in Büschen oder im Kraut hoher Stauden und erweckte zwar den Anschein, legte aber kein essbares Produkt.

Fieps bleibt der liebe, gutmütige Tropf, der in Momenten der Vernachlässigung seinen Instinkt nicht vergessen kann und sich rüpelhaft benimmt.

Ganz fest in meinem Herzen wohnen Krümel und Klops. In unserem Flur hängt ihr kleines, gerahmtes Foto unter der alten Wanduhr. Die meisten Besucher bemerken es nicht, aber ich schaue immer wieder dorthin und höre im Geist ihr leises *„wieht-wieht-wieht"*, mit dem Annegret so geizt. Auch auf meinem Sekretär steht eine fotografische Erinnerung an meine Entenlieblinge. Sie bleiben etwas ganz Besonderes.

Nicht nur, weil ich mich mitschuldig an Krümels Tod fühle. Nicht nur, weil durch ihr Dasein meine Laufentenbegeisterung so grenzenlos wurde. Nicht nur, weil wir sie beide selbst aufgezogen haben. Nicht nur, weil sie so außergewöhnlich zahm und folgsam waren. Nicht nur, weil diese Zähmung zu ihrem drolligen Charakter beitrug. Nicht nur, weil Krümel die bisher am längsten bei uns lebende Entendame und untrennbar mit Klops verbunden war.

Sondern, weil all das noch zu ihrer Einzigartigkeit beitrug, die sie zu je einem ganz besonderen Individuum in der Tierwelt gemacht hatte.

Wer diesen kleinen Wesen die Seele abspricht, der hält einfach nur seine Augen im Standby-Modus. Er kann mal schauen, aber nicht wirklich etwas sehen. Die Seele eines Tieres sitzt für viele Leute leider nur in der Kruste des Bratens auf ihrem Teller. Von Laufenten oder auch anderen Tieren etwas zu lernen, würde für sie bedeuten, sich der Lächerlichkeit preiszugeben. Meine Tierliebe wird bei solchen Menschen bestenfalls ein Kopfschütteln, eher noch einen Lachkrampf hervorrufen. Sie ahnen nicht einmal, was ihnen entgeht.

Selbst die Fliege, die ich mit einem Schlag von ihrer Pflicht mich ständig zu nerven, erlöse, hat vielleicht doch auch eine Mikroseele. Damit ihr Tod nicht umsonst war, werfe ich sie unseren Hühnern und Enten zum Fressen vor.

Mit dicken Brummern in der Hand, konnte ich Krümel und

Klops mit dem „Schnell-schnell"-Ruf immer aus der entlegensten Gartenecke zu mir rufen. Auch Keks hatte das von Krümel gelernt. Im Sturmschritt kamen sie in Schräglage angepest und boten ein Bild, das auch einen Griesgram zum Lachen bringen konnte.

Fieps und Annegret leisten diesem Ruf leider nur schwerfällig und selten Folge. Musik in ihren Ohren ist dagegen der irre Sound der Motorhacke, auf den sie sofort reagieren und unverzüglich hereilen. Was wiederum ihre Teilintelligenz beweist: Die Fähigkeit zur Abstraktion, dass ein bestimmter Lärmpegel leckeres Fressen bedeutet, ist jederzeit, auch nach der langen Winterpause, abrufbar. Die wissenschaftliche Herleitung, dass gelockerte Erde viele Larven und Würmer freilegt, ist ihnen allerdings ganz bestimmt völlig unbekannt. Für ein glückliches Entenleben ist das auch nicht wichtig.

Annegret und Fieps lassen sich nicht so problemlos fangen, wie unsere unvergesslichen Enten. Bestimmt waren auch Klops und Krümel keine Streicheltiere – dies wäre nun sehr artfremd gewesen – aber wenn man sie griff, hielten sie still und schienen die seltene, ruhige Berührung auch für kurze Zeit zu genießen.

Nie werde ich in diesem Zusammenhang meine damals 87-jährige Schwiegermutter vergessen, als ich ihr Klops in die Arme gab: „Ich habe noch nie eine Ente gestreichelt", strahlte sie mich selig an. Wer sie kannte, wusste wie „dorschig" – d.h. trocken-nüchtern – die Betrachtungsweise der bodenständigen Kielerin auf das Leben im Allgemeinen war. –

Es war diese Faszination, die von Klops und Krümel ausging und die feste Eingebundenheit in unsere Familie, die mich diese beiden Enten so vermissen lassen. Obwohl sie vor unserer Haustür lebten, gehörten die beiden Damen noch mehr als die anderen Enten dazu. In erster Linie, weil sie so besonders zahm waren. Auf den abgestellten Kaffeebecher neben der Hollywoodschaukel musste man schon achten, wenn man keine neugierigen Schnäbel in der Tasse haben wollte. Sie waren nie eine Belastung, gingen immer brav „zu Bett", wenn wir sie aufforderten und störten sich weder an den wilden Kinderhorden zur Geburtstagsparty im Mai, noch an irgendwelchen anderen Querschlägen wie der beschriebenen Verstrickung ins Erdbeernetz. Sogar Orkane wie „Tilo" oder „Emma", die im November 2007 und im März 2008 durch das Land und somit auch durch unseren Garten fegten, brachten sie nicht aus der Ruhe. Das Bild der sich einmal um sich selbst drehenden, verwehten Klops-Ente sehe ich jetzt noch deutlich vor mir. Sie geriet nicht in Panik, bürzelte in typischer Manier ihr Gefieder am Hinterteil hin und her und verkroch sich dann gemeinsam mit Krümel am Zaun, den sie auf legendäre Weise offenbar mindestens einmal versucht hatte einzutreten. Sie gingen so tief unter das immergrüne Laub des Jelängerjelieber-Geißblatts, dass man sie nicht mehr sah. Wir verzichteten deshalb darauf, sie zu holen und in ihre schützende Kiste zu setzen.

 Vielleicht hatten Klops und Krümel auch generell weniger Angstempfinden. Wahrscheinlich fühlten sie sich in unserer Gegenwart sicher und vertrauten uns sehr, sonst wären sie auch nie so still in unseren Händen geblieben.

 Nur unsere Küche und ihr Vorraum haben ein Fenster, das den Blick auf die Rasenfläche freigibt, auf der sich bisher alle Enten gerne und oft aufhielten und -halten. Links dahinter steht die große Esche, die mit ihren ausladenden Ästen wie eine Hüterin über den ewigen Schlaf meiner Laufis wacht. Ihr Anblick macht mich dankbar, so liebe kleine, ganz besondere Lebewesen gekannt zu haben.

Ja, ich habe Klops und Krümel besonders verwöhnt. Zwar versorge ich Fieps und Annegret liebevoll und gewissenhaft und gebe auch ihnen, wie einst den beiden, eine extra Portion Einstreu am Vormittag eines jeden 24.12. Unser Erpel bekommt selbstverständlich immer wieder sein Stärkungsmittel. Aber die Argusaugen der Entenbeobachtung, den „Bettenwechsel", auch wenn ich völlig erschöpft war, das gründliche Nachschauen, ob die Ente auch wirklich keine Schramme hier oder dort oder anderswo hat – all das ist ein wenig der Routine gewichen. Auch scheint mir die Mauser, die sowohl bei den Enten als auch auf dem Rasen einen unschönen Anblick verursacht, bei Fieps und Annegret sehr ausgeprägt zu sein. Daran, dass Krümel, Keks und Klops überhaupt je eine solche „Schweinerei" im Garten hinterlassen haben und kurzzeitig zu hässlichen Enten wurden, erinnere ich mich dagegen gar nicht mehr.

Damals bemerkte mein Mann auch oft seufzend: „Ente müsste man bei dir sein!" Worauf ich entgegnete, für das gewünschte Entenfeeling müsse er lediglich auf Stroh schlafen und Körner fressen. Diese Option erschien ihm dann doch nicht wirklich erstrebenswert. Tatsächlich äußert er mittlerweile bei seinen häufigen Blicken auf unser Entenpaar, auch er könne und wolle sich ein Leben ohne Laufis nicht vorstellen. Obwohl Annegrets „mieser" oder auch „schäbiger" Charakter ihn schon nerve. Ganz im Gegensatz zum überwiegend braven Fieps, der als „geschundener Ehemann" eines solchen Drachens zu bedauern sei. Und Klops und Krümel seien sowieso etwas ganz Besonderes gewesen.

Zweifellos hatte unser Nachbar damals Recht: Diese beiden Watschler habe ich ganz besonders verwöhnt. Aber was haben sie mir alles zurückgegeben – dieses Gefühl, ihr Vertrauen gewonnen zu haben, mich zum Lächeln bringen zu können, wenn mir zum Weinen zumute war, die Ruhe und doch stete Emsigkeit, die sie ausstrahlten, wenn man den Garten betrat, ihr kooperatives Verhalten uns gegenüber und letztendlich ihr zufrieden-frohes *„wieht-wieht-wieht"* als Seelenmassage – all das kann ich nur schwer in Worte fassen.

Diese beiden Entendamen haben mir das Aufatmenkönnen, einfach nur beim bloßen Dabeisein, durch Beobachten ihrer Lebensfreude beigebracht – Entspannung in Sekundenschnelle auf Enten-Abruf. Manchmal denke ich, dass meine Diagnose 2013 ohne die Stressentschärfung durch meine Entenlieblinge vielleicht härter ausgefallen wäre. Beruhigung und Bestärkung fand ich immer direkt vor unserer Tür – im November-Nebel, im Dezember-Matsch oder während des Juli-Gewitters, im verregneten Frühjahr, im dunklen Sommer oder nasskalten Herbst und Winter. Irgendwie war bei *„wieht-wieht-wieht"* fast alles gut: eine menschliche Enttäuschung vergessen, eine Wut verraucht, ein Schmerz betäubt. Eine Konstante zu jeder Jahreszeit in meinem Garten, der ansonsten nur wie eine schön gedeckte Kaffeetafel ohne liebe Gesellschaft wäre.

Das ist auch heute noch so, auch wenn Annegrets Geschnatter und Fieps´ heiseres Geschnarre eine andere „Melodie" erzeugen – sie ist die schönste für mich und ohne dieses leise Hintergrundgeräusch mit kleinen Pausen ist mein Garten ein anderer und wirkt irgendwie fremd.

So wie an jenem Tag Anfang Juni 2019 als ich nur kurz Wäsche im Freien aufhängen wollte. Sofort bemerkte ich, dass hier etwas nicht stimmt. Obwohl ich gar nicht alle Ecken gleichzeitig einsehen kann, bestätigte sich mein Verdacht nach dem zweimaligen Rundgang: Mein Garten war „entenleer" und zwei seiner Bewohner watschelten zum ersten Mal ohne die ehemalige Anführerin namens Bambi auf fremden Wegen.

Schnell sah ich auch warum: Das kleine Tor, welches auf den Weg zur Weide führt, war offen. Kein Ausbruchsversuch des Entenpaares lag hier vor, sondern eine Neuerkundung. Die ordnungsgemäße Verriegelung war beim letzten Rasenmähen vergessen worden. Da die Langhälse nicht gerade Blitzmerker sind, hatten sie das Tor zur Freiheit erst jetzt entdeckt. Suchend und lauschend ging ich den Weg entlang und meine Ohren wurden schnell fündig: Im Garten neben dem unseres Nachbarn hatten sie bereits mit dem Vertikutieren des Rasens begonnen und quakten und schnarrten dabei leise-freudig vor sich hin. Mit den entsprechenden Handbewegungen trieb ich sie langsam in Richtung Weide. Im hohen Gras, das ihre Hälse überragt, können Laufis nicht gehen. Erwartungsgemäß strauchelten sie und erleichterten mir so das Hochnehmen und Zurücktragen. Nicht zum ersten Mal freute ich mich über das geringe Gewicht von Laufenten, die sich problemlos unter je einem Arm transportieren ließen.

Nicht nur das Hineintreiben in das hohe Gras, sondern auch viele andere Situationen erfordern das Nachdenken, wie eine Ente fühlt und empfindet. Die Vermittlung der Wichtigkeit von Empathie haben mir meine „sprachlosen" Watschler von Anfang an verdeutlicht, denn der Mensch muss genau hinsehen und -hören, wenn er Tiere verstehen will. Und er täte sicher gut daran, ganz viel davon zu erlernen und dabei auch in seine eigene Welt des respektvollen Miteinanders zu übertragen. Wie schwer das ist, sehe auch ich an meinen eigenen Fehlern immer wieder. Trotz meiner Lehrmeister mit Schwimmhäuten.

Aber nur wenn es ihnen gut geht, geht es auch mir besser und deshalb bemühe ich mich redlich. Sie geben mir das Gefühl, dass das Leben MICH durch ihre Anwesenheit verwöhnt. Wie gut sie mir tun, blieb und bleibt aber für ganz viele Menschen, vielleicht sogar unserem lebenserfahrenen Nachbarn, wohl nur schwer verständlich.

Ein reines Gewissen und ein guter Schlaf sind unser Lebenselixier!
(Foto: Hannes Schwarz)

Entenepilog

Meine Geschichte ist hier zu Ende. Sie wird ganz bestimmt niemals zur Weltliteratur gehören. Aber Enten! Und zwar schon seit mehr als 85 Jahren. Keine Tierart ist so positiv besetzt und als Figur in der Fiktion so verbreitet. Wer etwa kennt nicht Donald Duck und seine Sippe aus Entenhausen?

 Menschliche Individuen aus aller Herren Länder haben sich schon mit den komplizierten Verwandtschaftsverhältnissen von Dagobert & Co. mit großer Ernsthaftigkeit auseinandergesetzt und offizielle Stammbäume veröffentlicht. Generationen von Kindern und Erwachsenen sind dem Charme dieser Enten in Buch und Film erlegen. Ihre Zitate werden in einem Atemzug mit denen von Goethe, Churchill, Einstein oder anderen Menschen, die auf der V.I.P.-Schaukel sitzen oder saßen, genannt.

 Seit dem Jahr 1986 gibt es ergänzend dazu die „DUCKOMENTA", die sich „In ducks we trust", frei nach dem amerikanischen Wahlspruch, auf ihre Fahnen geschrieben hat. Über 2 Mio. Besucher erfreuten sich schon an anatiden, d.h. entenähnlichen Darstellungen berühmter und fiktiver Personen auf Fotos und Malereien und huldigen dort, wo ihre Bilder und Büsten zu sehen sind, dem Sympathieträger Ente. Die Website *duckomenta.de* erklärt: „Besonders als Ausstellung für die Familie, ...wird die DUCKOMENTA immer wieder gelobt und freudig begrüßt ....und eine Entensippe sind bei dieser Ausstellung die Akteure, die sich fast unbemerkt in die europäische, inzwischen auch außereuropäische Kultur geschlichen haben."

 Keine Tierart wurde je so vermenschlicht. Abgesehen vom (Teddy)Bären hat kein Tier durch Nachbildungen eines lebendigen Wesens so große Popularität erlangt. Enten bevölkern das Leben der Menschen in vielen Teilen Europas vom ersten Quietscheentchen im Badewasser an. Selbst die gereiften Jahrgänge setzen bei dem bekannten Entenrennen in der Kieler Förde die nach dem Geflügelvorbild geformten Plastikteile zu Massen in die Förde. Auch an vielen anderen Orten werden die gelben Rohlinge, die ihre Individualität durch eine fantasievolle Bemalung ausdrücken dürfen, zum Entenfreistil ins Wasser gelassen.

Irgendeine Ente kennt jeder – ist vielleicht vor einigen Jahren sogar eine gefahren: In Deutschland und Österreich hupte der Citroën 2CV im vermeintlichen Gleichklang mit dem Wasservogel, nach dessen äußerer Form und dem „Fluggefühl" beim Autofahren er in diesen Ländern benannt wurde.

Die „Zeitungsente", die eine Falschmeldung in der Presse bezeichnet, geht laut Wikipedia wohl auf das unzuverlässige Brutverhalten einiger Entenarten zurück. Als „lahme Ente" bezeichnet man eher selten einen Politiker, der nicht agiert, obwohl er ernannt ist.

An Enten per se haftet aber nicht das gleiche negative Image wie am „dummen Huhn" oder der „blöden Gans". „Tybbke", die Entenfigur aus der Tierfabel, repräsentiert die Einfältigkeit, aber keine schlechte oder gar böse Eigenschaft. Im Buddhismus wird die Ente sogar als heilig verehrt.

Überall leuchtet sie mit ihrem idealisierten, sonnengelben Gefieder hervor. Diese Enten werden geliebt.

Nicht nur für mich sind die Küken mit dem runden Schnabel und den Kulleraugen im weichen Flaum die niedlichsten Nestflüchter, die es gibt. Damit lässt sich ein Image erschaffen: Kopenhagens Ansehen als sympathische, gemütliche Großstadt gründet sich auch auf Enten: Viele Touristen erinnern sich noch an den von Viggo Vagnby gezeichneten Polizisten, der jahrzehntelang den Verkehr auf dem geschäftigen H. C. Andersens Boulevard für eine Entenmama mit sieben Küken anhielt. Seit den 50er Jahren breitete er in „Wonderful Copenhagen" die Arme vor zahlreichen, lächelnden Passanten, dem Stadtbus und sogar der Straßenbahn aus, um der Entenfamilie die sichere Querung der Hauptverkehrsader zu ermöglichen.

Solche niedlichen Entchen würden die wenigsten Menschen aufessen wollen. Stattdessen aber die, die man sowieso nicht gesehen hat. Oder die eher hässliche Warzenente, eine häufige Verbreitungsform des zum Verzehr bestimmten Geflügels. Und was leider in unserer Gesellschaft einen sehr hohen Stellenwert einnimmt, ist das Aussehen: Ein niedliches Giraffenbaby, schnell durch einen Schuss getötet und an Löwen im Kopenhagener Zoo artgerecht verfüttert, löst einen Shitstorm aus, während das Kalbsschnitzel aus der Qualzucht nach Wiener Zubereitungsart kein Gesicht mehr hat.

Den niedlichen Watschelnden aber dichtet man oft noch eine Seele an, selbst wenn sie aus Kunststoff sind.

Ein paar „Entosophen" – so nennt mein Mann die Menschen, die mit Achtung und Respekt, statt mit Intoleranz und Arroganz ihre Umwelt inklusive aller Lebewesen behandeln – gibt es ganz bestimmt noch. Und sie wissen und verstehen, dass auch meine und alle anderen noch so kleinen Enten lebende Individuen waren und sind. Sie haben Empfindungen und Charakter, die keine künstliche Intelligenz je erschaffen können wird. Deshalb erfreuen sie mich Tag für Tag.

Und das können sie unter anderem auch deshalb, weil sie eine Seele haben!

Schon der 1989 verstorbene Konrad Lorenz wusste von der Kraft der Tierseele. Der Mensch ist jedoch gezwungen, diese Tatsache angesichts von Massentierhaltungen zu verdrängen. Ansonsten würde das schlechte Gewissen zur Qual. In jedem Lebewesen können sich Charakter und Seele nur bei einer artgerechten Haltung gut entfalten.

Mit anderen Worten: Wie man es zum Stall hineinruft, so schallt es heraus.

Tiere sind keine Menschen. Sie bei Tisch mitessen zu lassen, in rosa oder andersfarbige Mäntelchen zu stopfen und in Kinderwagen spazieren zu fahren ist nicht artgerecht und Quälerei. Bei Krankheit aber verdienen sie unsere liebevolle Pflege und stets unseren großen Respekt, denn sie sind uns nicht per se untertan, nur weil sie nicht sprechen können und wir sie aufessen. Sie sind genau wie Menschen lebende Wesen und haben aus diesem Grund viel mehr Achtung verdient als sie bekommen. Tiere machen keine Modetrends mit, die ihrer Gesundheit und ihrem Geldbeutel schaden. Würden wir ihrem Vorbild folgen, gäbe es vielleicht keinen Klimawandel.

Tiere fressen Tiere oder eliminieren sie aus anderen Gründen, wie beispielsweise der Laufentenerpel seine Küken: Ein Atavismus, der einst verhindern sollte, dass es zu viele wurden und nur die Stärksten überleben ließ.

Das erscheint grausam.

Der Mensch kann aber noch viel mehr:

quälen, foltern, gefangenhalten....

Provokativ muss daher die abschließende Frage erlaubt sein, ob auch alle Menschen eine Seele haben?

Enten-PS:

Laut schnatternd möchte ich mich zum Schluss
ganz herzlich bedanken:

» Bei allen meinen **Enten**, weil es ohne sie diese Geschichte nie gegeben hätte. (Die Lesefähigkeit von Laufenten darf so bezweifelt werden wie der Sinn der Stallpflicht.)

» Bei meinem Mann, **Wulf Schwarz**, der das Krümel-Küken 2005 am Leben hielt und acht Jahre später keine Mühe scheute, mir über den gefühlt großen Verlust hinwegzuhelfen. Mit Rat und Tat förderte er mein Buchprojekt.

» Bei meiner Brieffreundin **Andrea Ochmann**, die auch nach vielen Laufentengeschichten die Fortsetzung lesen wollte und mich zur Veröffentlichung inspirierte und bestärkte.

» Bei **Matthias Seaman**, wissenschaftlicher Lektor, der maßgeblich an der deutschen Übersetzung des von seinem Bruder Frederic geschriebenen Buches „John Lennon" (vgs, 1992) beteiligt war und mein Manuskript seinen geschulten Blicken unterzog.

» Bei **Dr. Sabine Magnus** für ihre Verbesserungsvorschläge.

» Bei **Tine Rothhardt** für ihr hilfreiches und geduldiges Mitdenken.

» Bei dem wohl bekanntesten Ornithologen Deutschlands, **Prof. Dr. Peter Berthold**, der mir als Antwort auf meine Frage in einer Briefnotiz „gerne" die Verwendung der Zitate des angegebenen Interviews von 2017 erlaubte.

» Bei dem Ornithologen **Dr. Peter Petermann**, für seine ausführliche Antwort auf alle meine Fragen und seine Kommentare zu Kapitel 16 & 17 im Dezember 2020.

» Bei **Stefan Sudmann**, dem Leiter der AG „Wasservögel" und Redakteur der ornithologischen Fachzeitschrift „Charadrius" für seine Informationen im September 2020.

» Bei der Chefredakteurin von „**kraut & rüben**". Im Januarheft 2020 wurde ein von ihr veränderter Auszug der ersten beiden Kapitel unter dem Titel „Wie ich zu meinen Laufenten kam" veröffentlicht.

» Nicht zuletzt bei allen **Menschen**, die mein Buch gelesen haben oder es noch lesen werden.

In liebevollem Gedenken:

» Bei meiner **Mutter**, die mich das Hören und Sehen lehrte.

» Bei meinem **Vater**, der diesen Eindrücken Ausdruck verlieh.

DANKE!

Autoreninformation

Karin Thiel, geboren 1964 in Diez/Lahn, arbeitete nach ihrem Studium (Nordistik, Literaturwissenschaft und Geschichte in Frankfurt/M., Kopenhagen und Kiel) in der Erwachsenenbildung.

Sie lebt und arbeitet gemeinsam mit ihrem Mann auf einem Resthof in der Mitte Schleswig-Holsteins und ist Mitglied im NABU, bei Greenpeace und der Nutztierschutzorganisation ProVieh.

Praxisnahe Informationen zur Laufentenhaltung im Garten gibt Laufentenerpel Fieps auf der Website *gartengeschnatter.de*

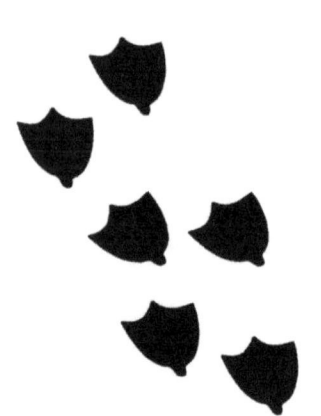

„Das Buch, ein Haufen toter Buchstaben?
*Nein, ein Sack voll Samenkörner."**

Es ist ein bedeutendes, aber leider unrealistisches Anliegen die Massentierhaltung weltweit zu beenden. Dennoch möchte diese wahre Geschichte ihren kleinen Beitrag dazu liefern, indem sie vielleicht die Menschen, die sie lesen, ein wenig zum Nachdenken bewegen kann.

UND: Auch eine Ente, ein Huhn, eine Pute – jedes Tier kann man lieben wie einen Hund, ein Pferd oder eine Katze. Die Stallpflicht ist deshalb nicht nur für das Geflügel, sondern auch für viele Halter eine Qual!

Alle Klagen dagegen blieben bisher erfolglos –
Tiere haben nun mal keine Lobby.

---

* Diese Übersetzung von „Théorie du livre: lettre morte? Un sac de graines." erschien 2020 in „Schöner Lesen. Das Kundenmagazin der lokalen Buchhandlung".